AF226268

DROGA
EL PARAÍSO SUBLIME

•

BELLA ROZ

Índice

DROGA

EL PARAÍSO SUBLIME

Dedicado a ***Alexander Romero.***
Él dijo unos días antes de morir:

"Recuerden que el cerebro es perezoso y se perpetúa."

Prefacio

La vida de Suyan, aparentemente, es igual al común de la mayoría de personas, la realidad se ve a vista del observador; al cerrar la puerta de su dormitorio, en su privacidad, está en compañía de su verdugo en la noche, apoderándose de sus sueños, provocando el caos en su interior, adueñándose de su tranquilidad al conocer sus miedos en el lado oculto del secreto íntimo de ella, que ignora del pasado en esa lucha por continuar; al despertar, cae al fondo de un abismo, pero tiene que continuar mostrando a todos normalidad, la cual puede perder en cualquier momento, su trabajo y su vida personal serán un detonante.

Escribir esta historia fue un reto para mí, una inquietud me llevó a construir la trama de esta historia. Confieso que muchas veces pensé que perdería mi tiempo, tenía tantas preguntas sin respuestas, solo un largo estudio del problema respondió todas mis inquietudes; pasé dos años investigando por medio de libros y documentales, en un tema de ambigüedad periodística, dificultando mi trabajo sobre la causa y efecto que estigmatiza provocando el rechazo y clasificación a la tolerancia a cualquier tipo de sustancia.

Mi objetivo es crear la curiosidad que conlleva a informar por otros medios encargados de los verdaderos datos y material que manejan la problemática, logrando una solución razonable.

El relato fantástico de la vida de su protagonista es el estudio del psique en la mente, su alteración y el efecto de sustancias en ella.

Capítulo I

El enigma

Frente la ventana que da a su escritorio está ella melancólica, pensando en su nuevo trabajo.

Ella es así, decidida, una personalidad firme que no tiene que ver nada con su aspecto físico, sus enormes ojos verdes intensos como aceitunas, enmarcados por sus cejas pobladas inocentemente arqueadas, y sus finos labios al igual que su cabello ligeramente rubio, le dan un aspecto angelical.

Las ideas en su cabeza de cómo retomar el tema es lo que le preocupa; la acompaña una taza de café. De repente, el silencio es interrumpido por una llamada a la puerta, ella se gira y responde:

—Entra, por favor.

—¡Hola! ¿Cómo estás? —le pregunta Edward, compañero de trabajo y amigo del tiempo de la universidad.

—¡Bien! Pensando en el tema.

—¿Otra vez quebrándote la cabeza?, dime, ¿has podido dormir? —Él la mira y sonríe, en cierta forma la conoce.

Ella abre sus enormes ojos verdes, en un gesto aprieta los labios para responderle:

—No muy bien, pero creo que se me pasará, es solo el estrés. Edward, dame una definición de la palabra mentira —le dice, mientras ella le mira fijamente.

—Bueno… —Él respira profundo tratando de responder—. ¡No sé! ¿Antónimo de verdad?

—Muy práctico, ¿ves?, ese es el problema, que no tenemos claros los conceptos, mentiras, verdades que se pierden en nuestra cabeza. —Mientras la mirada de ella se fija en el escritorio donde tiene los apuntes, Edward la mira con un movimiento, levanta los hombros de asombro frente a esa pregunta, y agrega:

—Son cosas de las cuales las personas no suelen pensar mucho en la vida, Suyan.

Ella toma la taza de café y bebe un sorbo antes de continuar hablando, se dirige a su silla tomando asiento, agarrando los apuntes que se encuentran sobre el escritorio que está lleno de notas, apuntes sobre el tema, y tomando uno de ellos, argumenta:

—Ese es el problema del dilema, hemos sido educados para obedecer y no para pensar, es por eso por lo que estoy tratando de centrar el tema que no será fácil.

—En cierta forma es verdad, es nuestra cultura —le dice, mientras la mira él con ojos de ternura, luego se dirige a la puerta toma la manilla despidiéndose—: Llámame si necesitas algo, seguiré con el trabajo.

—Sí, gracias, que tengas un lindo día, Edward.

—Para ti también, y trata de dormir que tienes unas ojeras espantosas —le dice, mientras se sonríe moviendo la cabeza, a lo que ella también sonríe.

De nuevo el silencio le acompaña, examina cada uno de sus apuntes, miles de preguntas en su cabeza, tomando un lápiz empieza a escribir sobre un cuaderno de notas, cada pregunta empieza con un esquema sencillo formulado: Cuándo, cómo y por qué, subrayado en rojo cada idea importante, piensa dentro de sí, la raíz del problema, pero mucho se comenta en los diarios, es una noticia que ha dado tema para escribir siendo todo tan vago… ¡Drogas! Es un tema tabú. Escribe de nuevo sobre el cuaderno de notas una frase: «los tabús son la ceguera de la civilización, solo cuando rompamos con ellos aprenderemos a vivir mejor», mientras fija sus ojos en la frase, tratando de explicarse esta historia sobre las drogas, el principio del problema a lo largo de la historia, una política que para nada ha podido solucionar el problema y, sin embargo, ha cobrado muchas víctimas, es lo que en su cabeza se repite. Toma la agenda para organizar unos viajes, está cerca navidad, así que tendrá que prenotar para después de las fiestas.

—¡Ah, navidad! —murmura ella. No es una fecha que la ilusione como al resto de las demás personas, por el contrario, la entristece profundamente, tornando sus enormes ojos verdes de una extraña melancolía, por un momento distrayendo sus pensamientos al lado de sus recuerdos de infancia, quien para estas fechas significa mucho. Los niños que esperan los regalos. Con la agenda en mano, reserva las fechas de los viajes.

El día transcurre rápido, las horas pasan volando, se siente indispuesta, necesita descansar, solo ha probado una ensalada en todo el día y unas cuantas tazas de café; marca las cinco menos cuarto en el reloj, su día de trabajo ha terminado, toma su bolsa, apaga las luces de la oficina y sale para ir derecho a su departamento, se despide de todos tratando de ser cordial con una expresión un tanto fingida.

Luego de un largo día de trabajo llega a su apartamento, un lugar pequeño, escasamente tiene lo necesario: dos dormitorios y un salón que está dividido por una repisa para dar lugar al estudio, su lugar de trabajo en casa; al lado derecho, al fondo, está la cocina con un comedor de cuatro sillas, todo muy práctico, la estufa a gas, la máquina de café, una tetera. Su dormitorio tiene una puerta que comunica al cuarto de baño, ya que este, a su vez, tiene otra puerta que comunica al salón. Al entrar al cuarto de baño tiene una tina pequeña a la izquierda y dos lavamanos a la derecha; al fondo, la taza de baño, justo en su parte superior una ventana pequeña para iluminar el lugar.

La noche anterior no pudo dormir, solo escasas cuatro horas, así está agotada, con dolor en las cervicales en su dormitorio, lista para ir a la cama, intentar dormir, luego de cenar algo ligero. En su mesa de noche una lámpara, el despertador y uno que otro libro, la foto de sus padres; en todo su apartamento no se encuentra una foto de ellos, más que en su mesa de noche de su dormitorio, la ventana grande al lado izquierdo de la cama.

Profunda en sus sueños, casi medianoche cuando el viento sopla más fuerte pegando sobre la ventana que siempre esta media abierta, bañada en sudor en posición boca arriba, de repente, siente el filo de un puñal que le oprime el pecho, justo al lado del corazón, sus palpitaciones se aceleran, el pánico la invade dejándola casi inmóvil, mientras que el puñal intenta penetrar en su pecho; la oscuridad de su cuarto no le permite ver con claridad, solo puede distinguir una sombra sin rostro, una capa negra que cubre la silueta, casi sin aire para respirar, mientras su corazón se acelera, el filo de la muerte es la sensación que percibe lentamente, pero, a su vez, algo dentro de ella la empuja a llenarse de valor con mucho esfuerzo, un nudo en su garganta que le impide hablar, aun así, como última opción frente a su agresor, le pregunta en voz alta el porqué quiere matarla y quién es, en su angustia por saber, escucha su propia voz despertando de su horrible pesadilla; incorporándose de la cama, casi no puede respirar, el cuerpo le tiembla, enciende la luz y cierra la ventana, otra noche sin dormir esperando que llegue la mañana para sentirse a salvo.

Marcan las seis en el despertador de su mesa de noche, otra noche igual sin poder dormir, su cuerpo exhausto, el agotamiento es evidente, se deja notar en su aspecto físico, las ojeras marcadas, su rostro pálido salta a simple vista.

Toma una ducha fría, su mente está en blanco escuchando el correr del agua, luego prepara un café, tiene que salir para la oficina, confusa, prefiere no pensar mientras toma la taza de café para salir luego.

De entrada al edificio tropieza con Edward.

—¡Hola, buenos días!

—No sé qué tienen de buenos —su voz suena con un toque de ironía, son esos días que prefiere ser invisible a la vista de los demás.

—Suyan, déjame adivinar: ¡Otra noche sin dormir!

Ella, bostezando, empieza a hablar contándole todo lo ocurrido la noche anterior y lo extraño del sueño:

—Sí, no he podido dormir bien, he tenido una pesadilla, era tan real, como si me viera en mi propio sueño, alguien quería asesinarme, pero no pude verle el rostro, llevaba consigo una capa oscura. ¿Puedo pedirte un favor?

—¡Sí, claro! Dime, estoy para complacerte.

Suyan levanta el rostro mirándolo en forma angustiosa y le pregunta:

—¿Quieres pasar la noche conmigo? No quiero estar sola.

Edward, con una sonrisa atrevida, insinúa en forma de juego que le encanta la idea, respondiendo:

—He estado esperando hace mucho tiempo que me pidieras que pasáramos la noche juntos. —Continúa sonriendo—. Es una broma, por supuesto que sí, sabes que puedes contar conmigo, Suyan.

—Gracias, Edward, necesito dormir.

Caminando en dirección a su oficina, sigue confusa por todo lo ocurrido, camina como si todos fueran invisibles al llegar; al entrar, lo primero que hace es prepararse un café para que le ayude a despertar, llegando por promedio en un día a quince tazas de café. Lo toma sin azúcar, solo con un poco de crema. Toma asiento en su despacho que tiene un estilo minimalista, su computadora, el fax, el archivador, todo en blanco puro, sin objetos personales, más que lo estrictamente necesario. Mientras tanto, revisa la agenda del día para empezar su trabajo con un plan organizado, siempre se ha exigido mucho en su trabajo, una entrega total que la envuelve día a día, pero a su vez escapando de algo y encontrando refugio en ello; una profesional con unos cuantos reconocimientos y un gran prestigio en su campo, esta vez el magazín pretende lanzar una edición especial complementaria y ella tiene un tema de actualidad social, del cual tiene la responsabilidad de enfocarlo, un tema espinoso, complicado en su esquema, que abarca desde el campo social, político, cultural, médico, para conseguir una propuesta de estudio del problema, planteando los diferentes campos: ¡Una epidemia es la droga! ¿Qué tanto sabemos de todo esto? ¿Es un problema cultural de campo social? ¿Cómo todo esto tiene un impacto económico? ¡La educación con respecto a las drogas! ¡Su clasificación! De esta forma, ella intenta manejar el tema, como todo asunto tiene un comienzo, este debe de ser el punto por empezar. Todos estos son sus pensamientos, por un momento, retira la mirada de los papeles para fijarla en la ventana que deja ver un sol radiante, iluminando el lugar de una claridad inmensa animando su estado de ánimo.

Cansada ya, el día es largo, escribe unos cuantos pendientes para no olvidar en su agenda para el día siguiente.

Toca la puerta Edward, ella responde:

—Sí, ya estoy lista para salir. —Él abre la puerta, agarrando su bolsa de mano y salen de la oficina los dos al mismo tiempo.

—¿Ha estado todo bien? —continúa hablando—: Pasé por casa a la hora del almuerzo para empacar una cosa, la verdad, no puedo dormir sin mi oso de peluche. —Como siempre, sonríe, es particular en él, tiene un gran humor y a ella le encanta cómo es Edward, solo él sabe cómo hacer que sonría, es mágico.

Ella sonríe entre bostezos contestando:

—Fue un día largo de trabajo.

Ya en el apartamento, mientras prepara la cena, Edward es de esos hombres que nuca se quedan sin palabras, sabe cómo argumentar un tema, es una herramienta útil en su profesión.

—Está casi lista la cena, espero que te encante, me disculpas si faltan la velas, pero no acostumbro a tener cenas románticas —dice, mientras coloca los comensales en la mesa—. ¡Sorpresa! Traje una botella de vino, señorita, el vino te hará dormir como un ángel.

—Gracias, ahora veo por qué traes a las mujeres locas por ti.

Edward, además de tener esa personalidad arrolladora, es atractivo, un metro ochenta de estatura y unos labios que pocas mujeres resistirían de besar al igual que su cabello, como portada de revista de modelos, en pocas palabras, seducción a flor de piel.

Suyan toma la copa, la levanta:

—Salud por nuestro nuevo trabajo juntos. —A lo que él toma la copa para brindar. En el transcurso de la cena le comenta como está elaborando el tema con los puntos importantes de la investigación, el objetivo del reportaje. Todo el tiempo que cenan juntos la conversación gira en el tema del trabajo.

—Te enseño el cuarto de huéspedes —le dice, caminando en dirección al cuarto.

—¡Sí, claro! Porque con lo grande que es tu departamento, terminaré perdiéndome, es una broma linda. —Intentando conquistarla con la sonrisa.

Al frente del cuarto del baño, está ubicado el cuarto de huéspedes, una cama sencilla con una mesa de noche, un pequeño armario en madera natural. Es medianoche, poco más de las doce y quince, mientras tanto, Suyan trae unas mantas limpias, le desea una buena noche y se dirige a su cuarto para descansar.

En su cuarto, ya profunda en el sueño, ve una neblina espesa en la noche, no se escucha ningún ruido, su corazón le late fuerte, le asusta el lugar, una carretera infinita en la oscuridad, está sola; inesperadamente ve a lo lejos una manada de lobos que aúllan, sus pies parecen estar sembrados en el pavimento de la carretera, siente un frío que recorre su cuerpo, su respiración se torna rápida, su corazón late fuerte a punto de estallarle dentro, los aullidos son cada vez más cercanos. Tratando de hacer un gran esfuerzo por despegar los pies del pavimento, gritando, toma impulso y empieza a correr tan rápido que parece que volara, percibe que se están acercando y la pueden devorar, así que corre más rápido, el viento choca con su cuerpo, el terror la invade, casi sin aire en los pulmones y con pocas fuerzas, cae al suelo, aterrorizada grita aún más fuerte.

—Suyan, Suyan, estoy aquí, tranquila. —La toma en brazos Edward que la ha escuchado gritar desde su cuarto; ella despierta bañada en sudor, agitada, se apoya en su pecho mientras se intenta calmar—. Te preparo un té y me quedaré a tu lado hasta que puedas dormir de nuevo.

—Gracias. —Ya más calmada, se apoya de nuevo en la almohada.

La mañana se asoma, el despertador suena marcando la hora matutina. Suyan se levanta para preparar café, se sienta en la mesa, a lo que Edward la acompaña.

—Suyan, sería bueno que visitaras a un especialista, presta atención si es frecuente.

—Tienes razón, creo que llamaré a un psicólogo para pedir una consulta. —Él la mira silencioso, algo preocupado, mientras ella clava la mirada en el café, es en ese preciso momento que debe estar concentrada para trabajar y poder pensar, sus pensamientos están confusos. Levantándose de la mesa, Suyan busca una vieja agenda que tiene en su escritorio, dentro de un cajón donde tiene unos recortes de prensa, lo toma para guardarlos en su bolsa, ya que luego en la oficina tendrá tiempo de organizar mejor las cosas. El mes de diciembre es una temporada de mucho estrés, su estado de ánimo no está como para fiestas y el trabajo apremia; dirigiéndose de nuevo a él, tratando en lo posible de calmarse, le dice:

—Edward, muchas gracias por estar aquí, la verdad es que últimamente me esfuerzo mucho por hacer todo de manera… no sé cómo explicarme. —Los ojos se le encharcan de lágrimas, él la abraza, pero no dice nada, es un momento que parece un siglo, como si en sus brazos encontrara el consuelo de un alma atormentada, sin cuestionarse el porqué—. Tenemos que salir al trabajo —son las palabras con las que pone fin ella a ese momento especial.

De nuevo en su oficina, busca la agenda vieja que guardó en su bolsa, pasando página por página en busca del teléfono de la prima de su madre que vive en Madrid para prenotar una cita con ella, pero solo aparece el teléfono de su residencia, así que tendrá que esperar la hora de la noche para llamarle. Toma unas hojas impresas y el cuaderno de apuntes y se dirige al departamento de redacción, toca la puerta.

—¡Buen día, Suyan! ¿En qué puedo ayudarte? Pasa, ¿tienes un problema? —Son las preguntas de Vladimir, jefe de la redacción del magazín, un hombre un tanto antipático y seco como la sensación de tomar un jugo de limón en ayunas, en pocas palabras, agrio.

—¡Buen día! No tengo ningún problema, solo quería que revisaras esto, es sobre la edición especial del mes de abril, quiero que me des tu visto bueno sobre el tema, todavía no está terminado, pero, este es un esquema para elaborar el artículo —dice ella.

—Claro, claro, lo leeré luego, ¿algo más? —responde desinteresadamente Vladimir.

—No, era todo, por favor, si tienes tiempo me encantaría que fuera hoy por la cuestión de que Edward tiene una entrevista con el Dr. Andreas Miceli, él es un médico defensor en la política de tolerancia y apoyo, sus ideas son importantes para el artículo.

—¿En el campo médico? —le pregunta Vladimir con un tono incrédulo.

—Sí, más que el campo social, está el campo médico —argumenta ella el problema de las adiciones.

—¡Explícate mejor, Suyan!

—Te lo explicaré sencillamente: el juicio sobre los adictos es de discriminación, se intenta encasillarles como pervertidos, cuando en realidad son personas que tienen un problema de salud. Eso cambia el punto de ver las cosas. Vivimos en una sociedad que se basa en falsas ideas, que no está correctamente informada —termina concluyendo la explicación.

—Está bien, paso más tarde para darte mi punto de vista sobre tu artículo —dice convencido y toma en sus manos Vladimir el reporte.

Suyan deja los informes sobre el escritorio de Vladimir y dirigiéndose en dirección a su oficina para continuar trabajando, mira el reloj. Son poco más de las once de la mañana, sus pasos son rápidos y por lo general, casi nuca usa zapatos de tacón alto, los cuales deja para ocasiones especiales; al entrar, dirige su atención a la ventana, su estado de ánimo es bajo, duerme poco, al igual que ha perdido el apetito. El aire de la navidad se percibe en las calles, los anuncios y las vitrinas decoradas con el tema, por un momento, sus pensamientos se transportan a su pasado, los momentos felices de su niñez, la sonrisa de su madre, lo que para ella significaban estas fechas, la alegría con que celebraba la navidad, al contrario de su padre, que era menos espontáneo, un tanto reservado. En su mente, los pensamientos se mezclan entre alegría, tristeza; precisamente fue una navidad, la última vez que vio a sus padres. Se gira dando la espalda a la ventana para concentrase en su trabajo; ya sentada de nuevo en su escritorio, toma el cuaderno de apuntes empezando a leer sobre el tema de investigación: «La historia de las drogas, las drogas y la religión, una guerra sin cuartel, extraña economía, más de cuatro décadas de narcotráfico, política antidrogas, el consumo, adición». Toma el lapicero, escribe en tinta roja, si no se conoce su origen, no se puede entender el problema, esto le recuerda que tiene que llamar a la psicóloga cuando llegue a casa.

En la pausa del almuerzo se encuentra con Edward en el ascensor del edificio.

—¡Hora de comer, estoy muerto de hambre! ¿Me acompañas, Suyan? Conozco un restaurante chino cerca.

—Está bien, vamos, me encanta la comida china. —dice, mientras sonríe entre bostezos.

—Cómo me encanta que te guste algo —dice, llevando las manos a los bolsillos de su pantalón, haciendo un gesto de satisfacción, se dirigen al lugar caminando. En el restaurante, ordena Suyan ensalada de brotes de soja como entrada, tallarines fritos con marisco, el plato fuerte, mientras que Edward de entrada ordena rollos de primavera, de plato fuerte, pollo con bambú y setas chinas. Es un lugar pequeño, pero con una decoración típica china, el techo pintado de rojo con decoraciones doradas, capturando la magia y la energía, plantas y flores de buena suerte al igual que los faroles brillantes, emblemas con mensajes, todo muy pintoresco. Suyan, animada por el lugar, sus delicadezas gastronómicas y deleitándose del momento, junto a la compañía de Edward, hablando de todo un poco, llegan al punto del trabajo.

—Luego de la entrevista al doctor Andreas Miceli, podrías visitar un centro de sustancias y abusos, tengo la dirección de uno de estos centros —Al instante, saca de su bolsa un papel con la dirección y el teléfono para entregárselo. Tomándolo Edward, lo guarda.

—Me parece una buena idea, claro que visitaré el centro, le he dejado un mensaje al doctor Miceli para concretar una cita esta semana, precisamente estaba elaborando las preguntas de la entrevista con el médico, en base a las drogas narcóticas, su dependencia física, al igual que los estimulantes que ocasionan excitación, aumentando la energía corporal y mental, sin hablar de los embriagantes en los que se encuentra el alcohol, éter, disolventes, bencina y otros radiactivos volátiles, sin faltar los alucinógenos, sus trastornos agudos sicóticos en la percepción visual. —Amena se torna la conversación, al igual que la mirada de Edward, cálida, sin faltar el humor que le caracteriza. Los momentos que comparten juntos parecen eternos, donde el tiempo ni el espacio existen, pero como de costumbre en ella de romper el momento mágico, por decirlo así, mira el reloj insinuando que es hora de regresar al trabajo.

La noche se asoma luego de un día largo de trabajo en el apartamento y recuerda que tiene que llamar a la psicóloga a su casa. Tomando el teléfono marca el número que está en la agenda, pero no responde nadie, saltando el contestador automático. Deja un mensaje de voz y cuelga, hablando entre sí —espero que me llame o me escriba por WhatsApp—. Decide tomar un baño para relajarse, luego intentará dormir; sumergida en la tina, siente el agua tibia sobre su piel, el vapor que imane de la tina, el aroma de eucaliptos la envuelve produciendo una sensación liviana sobre su cuerpo, de tal forma, que poco a poco la adormenta al punto de cerrar sus ojos cayendo en sus sueños: la luna grande, brilla con más esplendor sin estrellas, única y solitaria en el pantano lleno de islotes, revolotean criaturas en torno a la gruta oscura húmeda; en una de estas pequeñas colinas donde puede ver a unos cuantos metros de ella en el agua que, perfectamente al igual que un espejo, proyecta la imagen de una mujer con un ropaje deslumbrante de mil cristales, su cabello color plata ondulado, el rostro pálido, labios carmín. Extrañas sensaciones percibe, son como corrientes que acompañan el viento que pasan del frío al calor en fracciones de minutos, transformando el miedo en curiosidad y la angustia en excitación, intenta acercarse más a la entrada de la gruta para poder verla de cerca, sin tener en cuenta del peligro a lo desconocido que puede encontrarse en la gruta, el destello que desprende la mujer del pantano es fascinante, le aturde la razón, de manera lenta y sin hacer ruido, avanza dándose paso entre las rocas con cuidado de no resbalar, estando más cerca de entrar a la gruta, el timbre del teléfono la despierta bruscamente, sale de la tina para contestar.

—BerryColth. —Contesta el teléfono con su nombre de familia.

—Hola, Suyan, soy Elizabeth de la Vega, la prima hermana de tu madre, me dejaste un mensaje que te urge hablar conmigo. Dime, ¿en qué puedo ayudarte?

Suyan, en un corto momento, guarda silencio. No sabe cómo explicar lo que le está sucediendo, luego respira hondo para empezar a hablar:

—Hola, Elizabeth, me da gusto que me devuelvas la llamada, desde hace un tiempo tengo un problema, viajaré a Madrid luego de las fiestas, entre la fecha del 4 de enero. ¿Podría prenotar una cita?

—Suyan, me alegra mucho poder escucharte, sabes el cariño que sentía por tu madre, ¡claro! Luego controlo la lista de pacientes y te envío un email confirmando la cita en esas fechas.

—Muchas gracias, Elizabeth. ¡Felices fiestas!

—De nada. ¡Te deseo una feliz navidad! Hasta pronto, mi querida niña.

Al colgar el teléfono, se seca el cabello con la toalla, su mente está situada en recordar el extraño sueño, la imagen del lugar está en su cabeza, el pantano, la gruta, la mujer, todos estos sueños la confunden, pero tiene que intentar dormir, así que busca las mantas, enciende la televisión, no hay un mejor lugar que el sofá para conciliar el sueño, cambia de canal en busca de algo que le interese. En ese instante, están pasando un documental sobre el *cannabis* y su utilización como planta medicinal, es precisamente lo que quería ver, corre a grabarlo en su codificador porque es material de trabajo, presta atención, toma apuntes que le pueden servir más adelante, en el documental muestran varios puntos importantes, como el problema de su regulación que impide su uso terapéutico, su control de cuánto toman los consumidores recreativos o enfermos, el estigma que tiene la planta dificulta su investigación. Muchos países como Chile, Jamaica, luchan por su despenalización, ya que el tratado internacional que entró en vigor en 1961 sobre estupefacientes contra la manufactura y el tráfico ilícito de drogas que incluye esta planta, la coloca en la categoría de clase uno, siendo que, por más de 100 años fue utilizada para tratar problemas de salud como convulsiones, desterrándola erróneamente en 1938 como droga peligrosa, la falta de conocimiento sobre la historia del cannabis como tratamiento medicinal. Está completamente sumergida en el tema, esto la distrae por completo de su problema, relajándole, mientras se encuentra tumbada sobre el sofá escribiendo, le sorprende que la legalización de la marihuana ha tenido impacto importante en Israel, Canadá, Holanda, República Checa y otros veintitrés estados de EE. UU., siendo el *cannabis* la droga más consumida en el mundo original de India, parte del Himalaya, en China, y Marruecos, que es el mayor productor del mundo por su uso y aceptado en ceremonias rituales, al igual que medicinalmente.

La hoja seca es lo que se fuma, esto se le llama marihuana o la ricina denominada hachís. Lo que más la sorprende es lo poco que se conoce del *cannabis*, la falta de interés sobre su orientación, educación del consumo, es un problema que la gente no sepa que está consumiendo, es lo que deduce ella, se debe estudiar la planta como tal y sus compuestos, ya que posee más de 70 compuestos fisiológicamente activos, del cual tiene uno de ellos THC que es psicoactivo, pero tiene otros componentes como CBD que no lo es y puede utilizarse en el campo médico como tratamiento de la epilepsia, si se tiene en cuenta que el cerebro fabrica moléculas parecidas a las que se encuentran en el *cannabis*; por esta razón, los investigadores en la década de los 90 lo llamaron sistema cannabinoide endógeno; hace poco menos de cinco años no se conocía nada, las células nerviosas envían mensajes químicos llamados neurotransmisores, así es que circula la información, dolor y placer, regulando el complejo equilibrio entre cada neurona, y existe un pequeño espacio donde reina una gran actividad; es allí, en la sinapsis, donde se realiza la misión de transmitir de una neurona a otra.

En 1992 lograron los investigadores aislar una molécula llamada Anandamida; esta emitía los efectos psicoactivos del *cannabis*, su sustancia THC, que su nombre proviene por la sensación que produce de felicidad. La diferencia está en la cantidad liberada de forma natural, después de su localización, liberándola en una parte específica de la sinapsis en comparación de las drogas externas, que estimula el conjunto del cerebro en su totalidad, pirateando las señales de comunicación de nuestro organismo.

El documental dura poco más de cincuenta minutos, logrando mantener la concentración en él por todo el tiempo de su transmisión. El sueño le vence, poco a poco. Apaga la televisión y decide pasar la noche en el salón. Su sofá es cómodo; en los últimos días, el estrés del ritmo de trabajo debido a las festividades navideñas, que parecieran más compromisos comerciales que fechas de recogimiento en familia, creando la antipatía del mundo, inventados por nosotros mismos, del cual no nos da el chance de vivir, convirtiéndonos en máquinas de trabajo, donde nuestro organismo por sí solo no podrá soportarlo, buscando así una vía de salida, de escape a la realidad.

CAPÍTULO II
LA BÚSQUEDA DE LA VERDAD

Los automáticos se encienden para avisar a los pasajeros que se abrochen los cinturones de seguridad porque se realizará el aterrizaje. El asistente de vuelo informa que están listos para efectuar el descenso con un cielo despejado y una temperatura favorable.

—Bienvenidos al aeropuerto internacional de Madrid —continúa con todas las explicaciones de rutina, el avión da unas cuantas vueltas y de esta forma consigue aterrizar. Lista para desembarcar, tomando todas sus pertenencias, luego se dirige a la zona de desembarque para recoger su equipaje.

La ciudad de Madrid le trae recuerdos de su niñez; de pequeña, pasaba largas vacaciones en familia, tomando un taxi que la lleve al hotel cerca del paseo de la Castellana; al llegar al hotel, se hospeda en la habitación 225. Es una habitación luminosa con una hermosa vista del lugar, amplia, de estilo barroco.

Decide descansar un poco, para luego salir a cena en un restaurante típico. Cansada por motivo del viaje, poco a poco va cayendo dormida de nuevo; en el sueño ve el pantano, la gruta, extraños colores se mezclan en matices azules, a pesar de que la gruta no tiene luz propia, solo aquella que proviene del exterior de ella. Se escucha el ruido de las criaturas revoloteando en su interior, la oscuridad predomina, mientras continúa avanzando lentamente, teniendo cuidado de no caer al agua. Está fascinada por el lugar y aunque tenga la piel erizada, ya sea por la sensación que le despierta, la curiosidad por explorarlo le atrae sin importarle qué encontrará más adelante. En un momento, se ilumina todo de un tono azul metálico, destellantes de rayos, reflejando la luz que imana del traje de cristales; la ve de nuevo, es la mujer y está de espalda, su espesa cabellera plateada, finos hilos ondulados, escucha un eco que golpea en las paredes de la cueva.

—¡Suyannnn, Suyannnn, Suyannn Suyannnn! —Intentando ocultarse buscando a su alrededor, por momento quiere responder al llamado del eco, pero está indecisa. La mujer sigue de espalda, su traje muestra su esplendor, tal cual como el de una reina, diminutos cristales bien alineados, con cada movimiento del traje, la luz se refleja produciendo una imagen óptica placentera, la mujer se gira en dirección a ella. Suyan, asustada, pierde el equilibrio cayendo al fondo del agua; sumergida en el agua cristalina intentando salir nadando desde dentro de la gruta, sigue escuchando el llamado del eco, nada con fuerza, tomando aire llena la cavidad pulmonar, sumergiéndose en el agua lo expulsa lentamente por la nariz, de esta forma, logra ser más liviana evitando el cansancio. Al llegar fuera de la gruta, al borde de la agitación, despierta. Se incorpora de la cama y se dirige al cuarto de baño para lavarse el rostro, y se observa en el espejo.

—¡Otro sueño más!

Tomando su abrigo de invierno y su bolsa de mano, sale a dar un paseo por la ciudad en busca de un lindo lugar, para respirar aire fresco, distraer sus pensamientos, apartando las imágenes que ve en sus sueños que la inquietan y no la dejan dormir.

Ya en la mañana, programa todos los asuntos pendientes que la traen a Madrid, entre ellos, la cita con la psicóloga; preparándose para salir, está algo nerviosa, en dos horas tiene que estar en el consultorio, le da tiempo de desayunar, llama a recepción ordenando que suban a la habitación del hotel el café que no le puede faltar, pan integral, jugo de toronja y un poco de frutas tropicales picadas.

En el consultorio de Elisabeth toma asiento, esperando ser llamada. A los diez minutos, una asistente le anuncia que es su turno para ser atendida, mostrándole el lugar.

—Hola, ¿cómo estás Suyan? Tu aspecto no se ve muy favorable, estás un tanto demacrada. Toma asiento, hace mucho tiempo que no sé de ti, has cambiado mucho, te pareces un poco más a tu padre, en la forma de tus ojos y la mirada, era un hombre atractivo con una mirada dulce. Si deseas, puedes tumbarte en el sillón. —Pasaron varios años ya de la última vez que se encontraron todos juntos en compañía de sus padres.

Elisabeth, en su forma de tratar a las personas es cordial, una voz cálida, esos seres que suelen radiar confianza con tan solo mirarlos.

—Gracias por tomarte la molestia de atenderme, hace mucho tiempo que no nos encontrábamos, por ese entonces mis padres estaban vivos. —Es cómodo el sofá del consultorio, el aire desprende un exquisito aroma a cítricos mezclados.

—Cuéntame, ¿en qué puedo ayudarte, Suyan? La verdad, me sorprendió mucho tu llamada.

—De un tiempo acá —continuaba diciendo Suyan— tengo unos sueños extraños que me perturba mucho, no logro dormir, perdí el apetito, no puedo entender nada.

Elisabeth observa los gestos de Suyan, notando un ataque de ansiedad cuando habla del problema, el pánico la hace estremecer, los vellos de sus brazos se erizan a medida que cuenta cada uno de los extraños sueños.

—¿Cuánto hace que tienes estos tipos de sueños? —le dice Elizabeth, escuchándola con atención.

—Creo que empezaron a partir de un nuevo trabajo de investigación, estoy escribiendo un artículo sobre las drogas, es una edición especial para el mes de abril; el estrés, la presión de trabajo… —La incertidumbre le golpea, a la vez, Elisabeth deduce lo que está pasando.

—¿Sabes por qué estás aquí hoy? ¿Por qué has venido precisamente a verme a mí que somos familia?

—¡Claro, porque que necesito hablar contigo! —dice, mientras intenta contener las lágrimas para poder continuar hablando—. Me cuesta hablar del pasado. Ignóralo, es mi único escape, es una herida tan honda en mi alma, las imágenes aún están en mi cabeza. —Guarda silencio, un nudo en su garganta le impide hablar. Elisabeth se levanta de su silla, sentándose al lado de Suyan, le toma las manos y mirándola con afecto le dice unas palabras de consuelo. Elisabeth conoce la tragedia que marcó su vida, cuando tan solo era una niña al quedar huérfana en el momento que más necesitaba de una familia.

—Suyan, estoy orgullosa de ti, eres una mujer fuerte, fue un golpe para todos, yo quería mucho a tu madre, compartimos muchas cosas juntas, era una estupenda persona, su alegría, sus ganas de vivir, su bondad, todo lo reflejaba a través de sus pinturas, su alma sensible.

En ese momento, Suyan podía comprender que su dolor no era solo suyo.

—La muerte de tus padres de esa forma trágica, y más siendo testigo del crimen, es por lo que necesitas ayuda, por la consecuencia de haber estado en contacto en un encuentro traumático, que para las personas es difícil de asimilar, son la secuelas después de pasado un tiempo, bien sea en un tiempo corto, luego de haber vivido la experiencia traumática, o por tardar en aparecer, pasado el tiempo, presentando algunos síntomas somáticos como pesadillas, problemas estomacales, dolores de cabeza, es una especie de episodios de ansiedad aguda, manteniendo a la persona tensa con dificultades de reposar, estar tranquilo recordando permanentemente el hecho traumático; lo que estás padeciendo, Suyan, se llama PTSD, trastorno de estrés postraumático.

Suyan, en ese instante, mientras Elisabeth le explica todo lo que le está sucediendo y el porqué, dándole un diagnóstico del problema, ella se eleva en sus recuerdos en aquel trágico día que cambió su vida, las lágrimas corren por sus mejillas sin poderlas contener más, es como un puñal que le atraviesa el pecho, desangrándola; herida en el dolor, aquella niña indefensa que en las noches se quedó esperando el beso de buenas noches, aprendiendo a vivir en la desolación y la soledad, extrañando cada día los brazos de su madre, arrebatándole sin piedad alguna el amor de sus seres queridos.

—Escucha, todas estas experiencias traumáticas necesitan ayuda para superarlas, por lo tanto, tendrás que hacer una terapia; en el momento se tiene varias alternativas, una de ellas es la psicoterapia, podría ser el psicoanálisis, terapia cognitiva y conductual, se puede tratar también Emdr, desensibilización y procesamiento de la información por medio de movimientos oculares o por estimulación bilateral cerebral, esta última está dando muy buenos resultados en los pacientes, que consiste en el que la memoria del encuentro traumático queda guardado en la parte del sistema central nervioso, pero el organismo como mecanismo de defensa lo bloquea, este tratamiento dura noventa minutos, entre tres a cinco días.

—Luego probaré con alguna de estas terapias. Gracias, Elisabeth, es para mí un gran alivio estar hoy contigo —continúa hablando serena, un peso menos al conocer la razón de su estado.

—Me alegro de saber que puedo ayudarte, si tienes alguna duda con respecto a las terapias, contáctame. —Suyan mira el reloj, levantándose del sillón abraza a Elisabeth, a lo que ella también la abraza, luego, mirándola a los ojos continúa—: Estoy aquí para ayudarte.

Despidiéndose calurosamente abandona el consultorio. Una vez más, por esa fuerza interior, le regresa la confianza.

De nuevo en su habitación con las ideas claras, toma una caja que empacó en su maleta abriéndola, tomando de ella unos recortes de periódicos viejos en los cuales relata la noticia, los hechos de esa fatídica noche que marcó su vida, los cuales su abuela guardó con recelo, pero nunca se atrevió ni siquiera por una curiosidad mínima en verlos, estando sus recuerdos bloqueados, llegando esa hora justa para leerlos. El título de la noticia en letras grandes está escrito: «Asesinato de una famosa pintora», continuando el relato escrito que describe los hechos fatídicos:

«Asesinan a la pintora iberoamericana Ester de la Vega, junto a su esposo, el coleccionista de arte Paul BerryColoth, sobreviviendo una menor de diez años, hija del matrimonio. Todo parece indicar que el móvil del crimen fue el hurto, en la casa de la familia BerryColoth encontró la policía pruebas del robo al faltar unas pinturas de arte adquiridas por la familia, al igual que unas pertenencias de valor».

Varios periódicos editaron la trágica noticia ocurrida en las vísperas de navidad, comentándolo por todos los medios de comunicación. Otro recorte de prensa hablaba sobre los autores del crimen; tomándolo en sus manos, empieza leyendo:

«Capturan a los autores del crimen de la pintora Ester de la Vega y su esposo Paul BerryColoth, dos jóvenes que están en este momento detenidos para ser investigados. Cabe anotar que los jóvenes presentan un cuadro de desorden social, abuso a las drogas con antecedentes judiciales anteriormente». Cuestionándose en ese momento cómo un joven es inducido a cometer tal barbarie. ¿Es acaso un problema de orientación y abandono social? La realidad de las cosas tal vez es más simple de lo que creemos. Tomando todos los recortes, los guarda de nuevo en la caja para así terminar de organizar los otros asuntos pendientes en Madrid, luego disfrutar del viaje a la ciudad, entre ello, la visita a la Biblioteca Nacional, tratándose de un viaje corto, tan solo tres días.

Los segundos pasan, el tiempo es corto, solo una hora para entrar a la biblioteca. Este viaje a Madrid, la espera del libro en el cual podría encontrar sus respuestas está en la biblioteca. En pocas horas sale su vuelo, todo es nuevo para ella en ese lugar.

—Necesito llegar al punto clave —murmura, mientras mira el reloj, rogando que el tiempo se detenga, esperando la luz verde del pupitre de madera asignado con el número 204 en la sala de lectura, observa los engastes de la arquitectura del salón, mientras todo está en un silencio sepulcral, mira de nuevo el reloj, ya pasaron quince minutos y todavía no llega el libro, la espera es larga.

Por fin se enciende la luz verde del pupitre, avisando la llegada del libro a ventanilla. Le restan solo quince minutos para leerlo.

Busca en el índice su contenido, el libro trata de los primeros datos registrados sobre la historia de las drogas hasta la época actual, toma apuntes de los datos importantes, entre ellos, encuentra el primer caso registrado en la historia de las drogas que data de la época de 1670. La historia relata a un inglés llamado Thomas Bowrey. En una de sus expediciones marítimas encontró a unos aborígenes que habitaban en el golfo de Bahía de Bengala, en el océano Índico. Ellos se divertían con un brebaje llamado Bhang, preparado de la semilla del *cannabis*, llamando la atención del placentero efecto que producía el brebaje al ser ingerido, aprovechando rápidamente la idea del comercializar dicha planta internacionalmente, así surge en la civilización occidental el modo de utilizar las drogas, pasando de un plano medicinal para satisfacer el deseo y la curiosidad, el opio es la sustancia psicoactiva primera en aparecer en la historia.

Otro dato curioso que ella encontró en este libro menciona la hoja de coca que creció silvestre en los Andes en Suramérica hace miles de años. los Incas la consideraban sagrada; los indígenas mascaban la hoja de coca para combatir el hambre, la sed, el cansancio. En algunos manuscritos que relatan el tiempo de la conquista española a estas tierras, se mencionan la comercialización de esta planta que se utilizó para el trabajo forzado de los esclavos en las minas de plata, formando una fuente de ingresos en la zona que era manejada de manos de los Incas pasando a los terratenientes para pagar impuestos con la hoja de coca. El obispado del Cuzco decretó un diezmo sobre una mínima parte de la producción en base a la cosecha de la planta de coca, trayendo problemas esto para conversión al catolicismo; en vista del problema, el virrey español propone sustituir por otros cultivos, al igual de varios escritos que se escribieron por parte de botánicos europeos que estudiaron la hoja de coca y sus propiedades en invernaderos en los jardines botánicos. Los primeros ejemplares que se tiene conocimiento que llegaron a Europa fueron en 1750; se cree que se utilizaron para ayudar a los pobres contra el hambre y la sed, sugerida por un misionero católico, pero solo fue hasta 1860 que se logró por medio de estudios separar el alcaloide psicoactivo de la coca, al igual que pasara con el opio en esa misma década, que se logra separar el alcaloide que producen los compuestos psicoactivos.

Suyan por un momento deja el libro que tanta curiosidad le trae para fijar sus ojos en el gran reloj que cuelga en la columna tallada de la sala de lectura. El tiempo se ha terminado, solo le quedan poco menos de cinco minutos.

Continúa en la lectura: En la antigüedad, ya se tenía conocimiento de los efectos de los opiáceos que fueron utilizados por los árabes y griegos, se describen relatos de preparados a su vez, llevó a grandes estudios en Europa, países como Francia, Inglaterra, en el uso de farmacias botánicas como se narran en sus obras, el uso del opio para la cura de ciertas dolencias y males que aquejaban en esos tiempos y se trataron con jarabes compuestos de opio, pero a su vez se desconocía por aquella época que causaban dependencia psicológica por su uso desmedido en el año 1700, pero, en el siglo XIX fue cuando se llegó a experimentar por curiosidad con sustancias que alteran la mente.

El tiempo ha terminado. Tiene que entregar el libro de nuevo y salir al aeropuerto, de lo contrario, perderá el vuelo así que tiene que apresurarse a tomar un taxi, el camino es largo sin contar los atascos de tráfico.

Un tanto impaciente, le pregunta al conductor del taxi que abordó si puede tomar un camino más corto.

—Pierda cuidado, señorita, llegaremos a tiempo a la terminal del aeropuerto —dice el conductor del taxi.

—Le agradezco a usted eternamente —responde Suyan más tranquila.

—¡A una señorita tan guapa es difícil no complacerla! —El taxista no es indiferente al encanto que la presencia de Suyan irradia.

—Muchas gracias por el complemento. —A lo que se le ruboriza la mejilla a Suyan.

Llegando al aeropuerto se apresura, tiene el tiempo justo para el control de pasajeros del

Vuelo; ya en la sala de embarque anuncian la salida del vuelo con destino a la ciudad de Zúrich. Motivada por regresar a casa, esos días en Madrid era justo aquello que necesitaba.

Capítulo III
Paradoja

—¡Cómo ha cambiado el tiempo climático! —Es el comentario de una de las pacientes en la sala de espera del consultorio del Dr. Miceli. Edward espera callado, echando un vistazo a su material de trabajo; le costó mucho que aceptara ser entrevistado, mucho tiempo ha pasado ya de cuando el medico luchó en contra de la forma como era visto el problema de la dependencia a las drogas y la diferencia hacia las personas que padecían una adición. El último paciente está por ser llamado a consulta, luego tendrá tiempo para la entrevista; al cuarto de hora sale el Dr. Miceli, extendiendo la mano saluda a Edward invitándolo cordialmente a pasar a su consultorio.

—Disculpe, señor Marcuccio que no le concediera la cita antes, pero en fechas de navidad es casi imposible —dice el Dr. Miceli sentado en su silla, apoyando los codos sobre su escritorio.

—Pierda cuidado, Dr. Miceli, de antemano muchas gracias por concederme el privilegio de entrevistarlo. —Edward, sentado en la silla al frente del Dr. Miceli, toma los apuntes para entrevistarle.

—¡Gracias! Pero no es para tanto, como médico lo he visto como un problema de salud pública, lo cual tenía que ser considerado por el gobierno, no todos tienen los medios para pagar una cura en un centro y muchos pierden el apoyo de sus familias —le aclara el Dr. Miceli.

—Dr. Miceli, como pionero en la política con respecto al problema de las drogas, ¿se puede considerar hoy en día que el pensar al respecto del tema ha dado puntos de avance o siga este estado visto como un tabú? —pregunta Edward.

—No es un tabú, seguro que se ven los avances teniendo en cuenta que el mercado de las drogas legales, su organización en el programa está bien estructurado y en el mercado ilegal de las drogas se siguen los controles, pero el cambio fundamental son para los adictos en forma global en su desarrollo —respuesta del médico.

—¿Deberían los gobiernos invertir más presupuesto estatal en programas de orientación e investigación sobre el tema de las drogas? Teniendo en cuenta que los consumidores de dichas sustancias muchas veces no saben que están consumiendo y esto conlleva a un problema de salud pública —pregunta Edward.

—La política en este campo de las drogas empezó hace veintiocho años, se basa en cuatro pilares: prevención, terapia, minimización de daños y represión. La información sobre el consumo de las drogas para sus ayudas está bien orientada; tomemos un ejemplo: casi la tercera, cuarta parte de todos los productos opiáceos, pueden estar doce meses en tratamiento —responde el médico.

—Dr. Miceli, un punto que está dando mucho que hablar en la actualidad es la legalización de determinadas drogas para el uso en la medicina, partamos del *cannabis*, ¿ayudaría en algo su legalización para su uso en el campo médico? —le pregunta Edward.

—Se tienen planes en el control médico a base de *cannabis*, se puede adquirir en las farmacias, pero esto en la ley de estupefacientes no se contempla, su legalización, por lo tanto, puede ser un delito el cultivo y comercialización de esta planta —responde el médico.

—Mi última pregunta Dr. Miceli, ¿el control de la heroína, buprenorphin, diacetylmorphin, mophin, son gratuitos o son pagados por los seguros médicos? —pregunta Edward.

—El control de dichas sustancias están en la rama de los tratamientos médicos, ya que en la mayoría de los casos, muchos no consiguen superar la dependencia y se incluyen en los seguros médicos obligatorios —fue la respuesta del médico.

—Muchísimas gracias por su valioso tiempo Dr. Miceli, me despido muy agradecido con usted por concedernos la entrevista para el reportaje. —Guardando los apuntes en su maletín, se levanta de su silla Edward.

Al igual se levanta de su silla el Dr. Miceli y le acompaña a la puerta despidiéndolo cordialmente con un apretón de manos.

En el centro de la ciudad, no a pocos metros del consultorio del Dr. Miceli se encuentra el centro médico de apoyo y orientación de adicciones, sin recibir respuesta alguna sobre si se le es permitido visitar el centro. Entra a un café para revisar los e-mails con la esperanza de que fuera su día de suerte y poder entrar al centro; abre el ordenador portátil, controlando la bandeja de entradas de e-mails sin respuesta alguna, toma el celular marcando el número del centro médico a lo que contestan a la llamada telefónica.

—Buen día, centro Tradep. ¿En qué le podemos ayudar?

—Buen día, le habla Edward Marcuccio del magazín *Mundo Actual*, les he escrito un e-mail la semana pasada para contactar una visita al centro, pero por el momento no tengo respuesta por parte de ustedes.

—No sabría decirle con exactitud, puede usted llamar en las horas de la mañana preferiblemente, ya que se encuentra la persona responsable de estos asuntos, la señora Meyer, disculpe usted, no le puedo ser de ayuda —dice la secretaria al teléfono.

Edward, como costumbre en su profesión ya conocía la respuesta.

—Muchas gracias por su información, intentaré comunicarme por la mañana o enviar un e-mail dirigido a la señora Meyer.

Cuelga el celular para ordenar algo de beber en la cafetería, aprovechando que tiene tiempo para trabajar en el artículo, revisa con atención todas las notas de la entrevista al médico, elaborando el informe que tiene que presentar para la revista; luego de un cuarto de hora, llama a la camarera y paga la cuenta, marchándose de la cafetería con dirección al magazín.

Al día siguiente, en horas de la mañana, de nuevo en su lugar de trabajo intenta contactar al centro Tradep, a lo que contesta la señora Meyer:

—Buen día, centro Tradep, le habla Meyer, ¿en qué le puedo ayudar? —dice una voz suave.

—Buen día, le habla Edward Marcuccio, del magazín *Mundo Actual*, veo que hoy es mi día de suerte… he intentado comunicarme con usted, señora Meyer, le he enviado un e-mail solicitando una visita al centro, estamos elaborando un artículo en cuestión a las drogas, me encantaría contactar una cita.

—Señor Marcuccio, disculpe, en este momento le contestaba su e-mail acordando una cita al centro, pero ya que está al teléfono le confirmo, si le parece bien mañana a las 10:30, con gusto podrá tomar un café con nosotros para hablar sobre el tema y la labor del centro —comenta la señora Meyer.

—¡Muchas gracias! A las 10:30 sin falta estaré allá. —Cuelga el teléfono con una cara de satisfacción, no es mucho lo que puede hacer en el momento, solo esperar a que el día transcurra, llegando la mañana para la dichosa entrevista al centro; en la investigación encontró toda la labor que realizaban ellos. Revisa las preguntas, por si tiene que agregar algo con respecto al tema.

Una mañana comprometedora. Ya en marcha, Edward mira el reloj que marcan las 10:20 entrando al centro. Coloca la chaqueta en el guardarropa, muchas puertas numeradas a su derecha, un salón de reuniones, a la izquierda una mesa redonda y cuatro sillas, y aparece del fondo del pasillo un joven preguntándole en qué puede ayudarle, y le invita a tomar asiento, para luego ir en busca de la señora Meyer. A los pocos minutos, llega la señora Meyer invitándolo a entrar a su despacho, con su voz suave, derrocha simpatía y sencillez:

—¿Desea tomar agua o café? —le pregunta la señora Meyer acercándose al mueble donde están las bebidas.

–Agua, por favor. Tengo unas cuantas preguntas, pero me encantaría que me explicara cómo funciona el centro —le responde Edward, echando un vistazo al recinto.

—Bueno, ¿qué le puedo explicar?, estas son las oficinas administrativas, solo manejamos aquí datos, tenemos otros centro más, el grupo de trabajo está conformado por diferentes profesionales en cada campo requerido, para poder cubrir las necesidades de las personas que piden la ayuda del centro, de esta forma podemos brindar apoyo, personas que tienen problemas en su trabajo o financiero, con sus familias en su entorno, problemas de vivienda, cobertura de los seguros médicos, problemas graves de salud, ya que padecen enfermedades crónicas como la hepatitis «C» o VIH, cirrosis, trastornos psíquicos como en el caso de las depresiones y orientación en terapias médicas —y le explica detalladamente la función del centro a Edward.

—¡Qué completo, felicitaciones! Bueno, ahora sí pasaré a formularle mis preguntas —tomando los apuntes para empezar—, solo le haré tres preguntas.

—Bueno, no tengo problema, este es mi trabajo, puede preguntar las que considere necesarias, contamos con muchos folletos informativos para poder cubrir mucho más este campo.
—Se levanta y va en busca de los folletos informativos que se

encuentran en los estantes del despacho—. Tome, por favor, en esta información seguro que encontrará algo importante.

—¡Muchas gracias! Mi primera pregunta está relacionada en casos de dependencias a sustancias fuertes: ¿Se tiene conocimiento, si los casos de dependencias a dichas sustancias, como por ejemplo la heroína han disminuido en esta última década? —pregunta Edward.

—La verdad, la cifra exacta no se pude saber, pero sí el número de personas que consumen esta sustancia, en el caso de la heroína sí es mucho más bajo que la década pasada —responde la señora Meyer.

—¿En qué edades se encuentran los dependientes de mayor consumo a dichas sustancias aditivas? —pregunta Edward.

—No depende de la edad, sino de su entorno y del estado emocional en que se encuentre el individuo, un ejemplo claro: la dependencia al alcohol. Para darle un sondeo, en los adolescentes es muy por debajo, está en un 7 % en las edades que comprenden 35 bis 44 años es más alto, se encuentran en el 31 % —responde la señora Meyer.

–¿Qué droga es de mayor consumo en el momento?

—Las personas que solicitan ayuda en nuestro centro tiene problemas por abuso a sustancias durante largo periodo que les causa dependencia, bien sea psíquica o física, dependiendo de cual consuman, unas son más dañinas que otras y destruyen órganos vitales como pasa con el alcohol; mucha gente, hoy en día, muere más por ingerir alcohol que por heroína, ya que el problema de esta es si no controla la dosis, o esta puede causar la muerte o en el peor de los casos, la adulteración de esta es peligrosa y por ser vía intravenosa puede contraer la hepatitis C o VIH, ya que el contagio está en la sangre infectada al utilizar una jeringuilla no esterilizada. —La señora Meyer toma un prospecto de información del centro donde muestra claro un cuadro demostrativo del problema que se encuentra al lado derecho de su escritorio, lo abre para enseñarle la ilustración.

—¡Veo, es interesante! Está bien ilustrada la información, seguro que es una gran ayuda para muchas personas —dice Edward, mientras mira el papel con atención y asombro.

—Esta es una clasificación sobre las drogas y su peligrosidad, observe usted: el alcohol ocupa el número uno, le sigue la heroína, luego el *crack,* después las metanfetaminas, para seguir un orden de escala de mayor dependencia a menor, va la cocaína, tabaco, *speed*, *cannabis*, GHB, benzodiacepina, ketamina, metadona, *mephedrone*, bután, anabólicos, catha, éxtasis, LSD, buprenorfina, hongos alucinógenos… —Tornando el tema interesante, Edward se muestra asombrado ante la explicación y las cifras en las estadísticas.

El tiempo de la entrevista es limitado, toma Edward todos los folletos que cordialmente le facilitó la señora Meyer como material de información.

—Muchas gracias por su gran ayuda, señora. Meyer, no le quito más tiempo —dice, antes de despedirse.

—¡Por favor, es mi trabajo! Me alegra que pueda serle de ayuda, para eso estamos aquí. —Se levanta la señora Meyer de su silla; extendiéndole la mano con una cálida sonrisa en los labios, se despide.

Edward sale un tanto pensativo del centro, luego de la conversación con la señora Meyer, toma su celular e intenta comunicarse con Suyan. le marca a su número, pero no contesta, intenta unas cuantas veces, y salta la contestadora.

—Suyan, ¡eres genial! Tenías razón, acabo de salir del centro médico que me sugeriste que visitara, llama cuando escuches mi mensaje, por favor. —Dejando el mensaje en la contestadora, a los pocos minutos suena el teléfono, es Suyan.

—Hola, Suyan, Cuéntame, ¿cómo te fue en tu viaje a Madrid? —le pregunta a ella.

—Digamos que me fue bien, pero luego te contaré. ¿A ti cómo te fue con las entrevistas?

—No sé cómo lo haces, pero una vez más acertaste, Suyan, curiosamente entre las direcciones que me entregaste en el restaurante cuando cenamos juntos, tengo un teléfono de un artista famoso de arte. ¿Quieres que lo entreviste también? —Por un momento guarda silencio Suyan al teléfono, pensando qué responder.

Edward le pregunta nuevamente:

—¿Estás allí, me escuchas?

—Sí, te escucho bien. Estaba intentando recordar de quién me hablas… sí, entrevístalo, no está de más, primero averigua un poco sobre sus pinturas —dice ella.

—*Oky*, eso haré, un poco de arte no está para nada mal. Hablamos luego. ¡Que tengas un lindo día, preciosa! —Y cuelga el celular para dirigirse a una galería de arte. Camina unas cuantas cuadras en dirección al casco antiguo de la ciudad, justo a la derecha en un estrecho callejón, es una calle de tradición de tiempo antaño, donde los años parecen no pasar. Allá se encuentra la galería de arte Contemporáneo. Edward entra para echar un vistazo al panorama, no es el arte precisamente su pasión, pero es su día de suerte, ya que está en exposición las últimas pinturas, precisamente del artista famoso, un pintor paisajista.

—¿Busca algo en especial? —Le aborda una elegante señora—. ¿Le llama a usted la atención los paisajes?

—No, gracias, solo me llama la atención el artista, su estilo —le responde a la galerista.

—Los cuadros tienen buena acogida en el público, es un maestro del paisajismo, puede crear un oasis con su técnica, acompáñeme, por favor, le muestro uno de sus cuadros, en este prospecto tiene usted un resumen del pintor y unas de sus más emblemáticas pinturas, a mí en especial me encanta este cuadro. ¡Es espectacular! ¿No cree? —Pasándole el prospecto la galerista a Edward, este queda atónito mirando lo comprendido.

—Tiene razón, es espectacular. Trabajo para el magazín *Mundo actual*, estoy interesado en contactar el pintor de arte para entrevistarle. ¿Podría usted proporcionarme alguna información de cómo contactar? —Y toma su pequeña libreta de notas para anotar cualquier dato importante.

—Si trabaja usted para un magazín, ¡claro, con gusto! Pero el artista pasa la mayor parte de su tiempo fuera, entre Londres y *New York*. Si a usted le parece, puede dejarme su tarjeta de visita para hacerla llegar, esperemos que contacte con usted —aclara la galerista.

—Aquí están los números del magazín y mi correo electrónico. Mi nombre es Edward Marcuccio, muchas gracias por su atención, espero correr con suerte y el artista quiera ser entrevistado. No le quito más tiempo. —Estrechándole la mano, se despide formalmente para tomar rumbo en dirección al magazín.

Sentado, ya de vuelta, coloca toda la información del trabajo de esa semana de investigaciones sobre su mesa, todo listo para entregarlo a Suyan. Toma en sus manos el folleto con la información del pintor de arte para leerlo, un pequeño resumen de sus obras y algo de la biografía de la vida del artista, consulta en el buscador de internet más datos de las obras; en el navegador de la web encuentra un sitio «Galería de arte, venta y subasta de cuadros», aparece una de las pinturas de Thomas Rozanne. Arte en hermoso paisaje surrealista: «La Gruta Azul» pintado en diferentes técnicas mezcladas en acrílico. El cuadro debe ser iluminado de modo que los metálicos efectos sean plenamente efectivos, es la descripción de tipo de pintura encontrando el concepto de la expresión creativa de las bellas artes plasmadas a la vista del ser humano. Lo sublime. El arte no es algo que le interese mucho, pero el artista le parece enigmático o, al menos, eso es lo que percibe al mirar sus pinturas, Edward. Ocupado por un largo tiempo, concentrado, no se percató de lo tarde que era, una semana volcado en un tema que por un momento pensaba que podría no interesarle, por lo contrario, contra más se adentra, más quiere saber. Mira a su alrededor, se da cuenta que está solo en el magazín, apaga su portátil empacándolo luego dentro de su maletín, es hora de descansar, es lo que piensa, que debe marcharse a casa.

Mientras espera el tranvía, se queda pensativo. Lo que pasa en nuestro mundo cotidiano, le damos más importancia a cosas sin sentido, ignoramos aquellas que realmente son importantes. Su mirada se pierde entre la gente que transita por la larga avenida llena de luces, escaparates de lujo con las últimas tendencias de la temporada, que captan la atención de unos cuantos, están exhibidos al público que desee adquirirlos, y otros que tal vez no son más afortunados y sus niveles de cortisol son más altos por culpa al estrés, paradoja del mundo que no rodea.

Capítulo IV
El sueño de Morfeo

La corriente de aire frío que proviene del cuarto de baño golpea una y otra vez con la puerta que comunica al corredor del apartamento. La ventana pequeña situada arriba de la taza de baño está medio abierta, produciendo un estruendo cada vez más fuerte. Suyan, que está profundamente dormida gracias a unas tabletas para relajarse y conciliar el sueño, no le permite escuchar el estruendo de la puerta, la amenaza a tormenta avisada por el viento que sopla implacable chocando cada vez más fuerte moviendo bruscamente la puerta. Una vez más, Suyan, entra al lugar de sus sueños. En la gruta se escucha el viento soplar produciendo un sonido prolongado, el viento agresivo despeina su cabello agitando su blusa de seda banca que se adhiere por momento a su piel. Los pájaros, en su cueva, esperan la tempestad que se avecina, el viento sigue rugiendo y las corrientes heladas circulan en torno al lugar, el agua del pantano se mueve agresivamente, la luna menguante alrededor de las nubes cargadas de corrientes que podrían descargar su furia en cualquier momento destellando truenos, la oscuridad es espesa y aterradora, no tiene el fascino de otras noches, tiritando por el frío, encogida de brazos, continúa parada en la entrada sin pensamiento ni voluntad. Su pálido rostro reflejado en el agua del pantano, muestra una angustiosa deses-peración de no saber qué hacer. Empieza a caer gotas de lluvia, van mojando la rubia cabellera de Suyan, mientras que el viento no para de soplar, la mente de ella permanece en blanco como si no pudiera razonar, su mirada parece traspasar el lugar en un punto fijo, continúa temblando de frío, los relámpagos empiezan a formase en torno a las nubes acompañado con rocas de granizo, la furia de la naturaleza se desencadena con fuerza bestial. Suyan continúa inmóvil, sin voluntad; una rama gruesa de un tronco es despedazada por el viento golpeando fuerte su espalda, lanzán-dola a un lodo; al instante, Suyan cae de su cama y con su brazo arrastra el vaso de agua sobre la mesa de noche que cae al suelo astillándose en mil pedazos, provocándole una herida leve en su brazo derecho que, de inmediato, empieza a sangrar, despertando bruscamente ve la mezcla del agua y sangre sobre la alfombra que, de repente e involuntariamente, la transporta a su pasado, al lugar del cuarto de sus padres:

El charco de sangre y los dos cuerpos sin vida de sus padres tirado en el piso, su aterradora angustia quebrada en llan-to, los pasos acelerados de los asesinos trepando la escalera, la pequeña corre por salvar su vida, abandona el cuarto de sus pa-dres corriendo por el pasillo, hasta la parte que comunica con la buhardilla, tira la escalera que está pegada al techo para subir lo más rápido posible, llegando a la ventana, la abre y se lanza por el canal de desagüe de lluvias para logra escapar del chalet, per-diéndose entre la espesa naturaleza; enormes árboles de troncos macizos, corriendo por horas.

Temblando de pánico, se dirige al cuarto de baño, abre la llave del agua del lavabo para limpiar la sangre, lavando su brazo y toma del botiquín el agua oxigenada para desinfectar la herida, chorreando un poco en ella. Limpia la superficie para vendarla con un poco de gasa, toma una toalla pequeña humedeciéndola, se limpia el rostro y parte del cuello, luego prepara en la cocina un poco de té de tila para calmarse; mientras toma un sorbo de té, sus pensamientos vagan entre los recuerdos y el dolor, una cicatriz en el alma que restará por siempre, una herida profunda que todavía no sana, más calmada, solo le toca esperar las pocas horas para que asome el alba y, como todos los días, de nuevo al trabajo.

Luego de pasar el resto de la madrugada en vela, el deber apremia, el artículo para la edición especial es su responsabilidad, por lo tanto, debe estar al frente. Espera a Edward con toda la información para la elaboración, todo tiene que estar listo para el mes de abril, llegando él.

—Buen día, Suyan, cuéntame, ¿cómo te fue en tu viaje a Madrid? —Luego de saludarla se percata que tiene un vendaje—. ¿Qué te ocurrió en el brazo?

—Buen día, Edward, aunque para mí no sean tan buenos hoy, un pequeño accidente me ocurrió, pero no es nada grave, tan solo un corte leve con un vaso de cristal, estoy bien, solo sigo teniendo problemas con el sueño, todos los asuntos que me llevaron a Madrid los he resuelto, necesito hacer una terapia, me pondré en contacto con un especialista para empezar con el tratamiento —le cuenta Suyan lo ocurrido.

—¡Es buena noticia! Cualquier cosa, sabes que cuentas conmigo. Aquí está toda la entrevista al doctor Miceli, la visita al centro de sustancias y abusos donde me entregaron un amplio material informativo… mira este dato curioso: En Portugal se invierte en tratamiento el 90 %, solo el 10 % de represión con un índice bajo de mortalidad de abuso a sustancia del 2,3; por otra parte, en Suiza el 35 % sobre el 65 %, ¿ves el marcador en rojo?, es la represión, muestra clara de prevención y tratamiento que es más bajo, pero en Norteamérica es todavía alarmante el índice de mortalidad por abuso a sustancias: 198,8 invirtiendo 90 % en represión y tan solo el 10 % en prevención y tratamiento. Si miras este gráfico, verás que la política aplicada en Suiza con respecto al consumo de drogas fuertes da un sondeo favorable. En la década de los 90 rondaba 2572 para pasar en descenso en la década 2000 a solo 686, esto en el caso del consumo de heroína, convirtiéndose en los pioneros en la política sobre las drogas, pero los puntos difíciles siguen estando, más cuando hablamos en el campo global, muchos países asiáticos incluyen China, sumando Oriente Medio, la política es total represión, con castigo de pena de muerte. Mira abajo a la izquierda, el número uno de riesgo por el consumo de drogas fuertes en el planeta está un marcador con 67 % infectados por Hepatitis C. —Edward toma una de las sillas para sentarse, pasando cada uno de los folletos con pequeñas aclaraciones en papel post-it. Suyan revisa el material por si tiene alguna pregunta o algo no le es claro.

—Está claro que el problema no es resuelto, ya que la represión no es el camino más viable al resolver el problema, sobre todo en países donde la política no tiene los medios suficientes para invertir en prevención, ya que no lo considera de urgente necesidad de salud pública, y sí es un problema de salud pública, porque lo es, a su vez crea una neblina de humo que da paso a el tráfico ilícito de dichas sustancia, aprovechándose de la ignorancia de las falsas ideas y todo por la terquedad de unos cuantos que creen o piensan creer que la provisión es el camino más seguro —dice Suyan convencida por la encuesta.

—Me pregunto ¡Cuántas personas entenderán el problema!, esto me hace recordar la famosa película de *El Padrino*. —Edward sonríe irónicamente—. Muchas veces la realidad supera la ficción.

—La ficción, Edward, es tomada de la cruel realidad —responde Suyan en un tono sarcástico.

—Tengo que decirte que no pude contactar al artista, está fuera de la ciudad, pero he echado un vistazo a sus obras; de su vida privada no se sabe mucho más que unos cuantos datos importantes, es un sujeto un tanto enigmático, siguiendo tus recomendaciones me acerqué a una galería de arte en el casco viejo de la ciudad y lo único que pude encontrar fueron sus últimas obras expuestas al público y estos prospectos. —Y le entrega en las manos de Suyan, agarrándolo para verlos, pasa la dos primeras páginas cuando su rostro se transforma en una expresión de asombro.

—¡Qué ocurre! ¿Por qué esa cara? —le pregunta él al ver la expresión confusa de Suyan.

—Este cuadro me da la impresión de haberlo visto antes, pero no recuerdo cuándo ni dónde —dice ella asombrada.

—De arte sabes tú más que yo, tu madre fue una reconocida pintora de arte que forjó las tradiciones en sus lienzos y tu padre, un coleccionista; tu familia posee muchas obras de arte —dice Edward.

—Por lo mismo —responde Suyan—, ese cuadro tiene algo de especial. —Se levanta de su escritorio caminando en dirección a la ventana de su oficina como es costumbre en ella, ausentándose por unos segundos, cruza sus brazos frente al ventanal y divisando el infinito cielo en busca de la respuesta.

—Suyan, me pondré en contacto con el artista y te contaré más sobre el cuadro —dice Edward, llamando la atención de ella de nuevo.

—Gracias por tu trabajo y, por favor, averigua todo sobre sus obras, si conoció a mis padres —dice sonriendo dulcemente.

Con dolor de cabeza por la larga jornada de trabajo y exhausta debido a las pocas horas de sueño, se recuesta un poco sobre el diván de su salón; en la mano tiene el prospecto del artista, recordando a su madre cuando pintaba sus lienzos en su estudio de pintura tomando las brochas que ella le diera para pintar algo en acuarelas, compartían tanto tiempo juntas. Ojea de nuevo el prospecto, sigue pensativa por cuestión al cuadro, cuándo y dónde fue que lo vio: «*La Gruta Azul*» está escrito en las descripciones sobre este, en el último tiempo sus recuerdos se mezclan entre profundos sentimientos, unas veces de dolor o rabia que intranquilizan su mundo. ¡Pero qué mundo! Quién sabe lo que se esconde detrás de cada persona, el cual se conforma de un pasado que muchos llevan a su espalda, viviendo o intentando vivir el hoy, mirando con esperanza el futuro. Observa con atención cada detalle. El surrealismo busca la inspiración más profunda en las dimensiones psíquicas que el hombre posee en su inconsciente, que intenta transmitir a través de su pintura, es lo que escuchaba decir de su padre que poseía una gran pasión por el arte, mientras los recuerdos la invaden en los últimos tiempos, los tiene presente a ellos. Intenta pensar en otra cosa y se dirige a su estudio colocando los prospectos al lado de su agenda de notas, a la cual toma para intentar cuadrar una fecha para las terapias de cómo lograr compaginar todo de forma que pueda no afectar a su trabajo, consciente de su problema de cómo llegar a superarlo, conoce a unos cuantos especialistas en el campo; tendrá que llamarles. Otra noche más larga, organizando todo para el día siguiente, habituada a trabajar en su departamento, esperando que el sueño le venciera; de un tiempo, su estado de ánimo no se lo permite y, por el contrario, va por un vaso de agua para poder tomar las tabletas que le permitirán relajarse y conciliar el sueño. Las pesadillas le roban la calma, los recuerdos la persiguen; luchando por controlar la situación, los dolores de cabeza, la pesadez de su cuerpo, siente cómo poco a poco las tabletas hacen efecto lento. De una a otra manera, sin ellas, no podría lograr adormecerse, las necesita. En su habitación toma la foto de sus padres de la mesa de noche, repitiendo en voz alta las palabras que solía decir su madre:

—El día tiene veinticuatro horas, el sol sale cada mañana.
—Se le aguan los ojos, coloca de nuevo la foto de sus padres, con la certeza que donde ellos se encuentren, no importa el lugar, siempre estarán unidos. En la cama cierra los ojos en cuestión de minutos, ve la claridad del día, un sol radiante que casi ciega la vista por su luz; caminando Suyan por un sendero, a cada lado

está lleno de flores silvestres, hermosas amapolas, siente el aire fresco, roza con su rostro un olor a hierba mojada, su cuerpo es liviano, como el de una mariposa, con los pies descalzos percibe el calor de la tierra en sus plantas, la sensación de alcanzar las nubes mientras levanta sus brazos tornando el momento de una inmensa felicidad; el sendero es amplio, su mirada en alto al cielo azul celeste iluminado, su mentón erguido mientras continua caminando si tener un sitio fijo, más que andar, divisa a lo lejos un arcoíris, son de esos días fantásticos que sientes cómo el sol calienta la piel tibia, envolviéndola en suaves algodones, sensible al tacto, cada sentido se agradece, es un hermoso sueño del cual no le gustaría despertar; en un punto del camino, se topa con dos fechas, una señala el paso a la derecha y otra a la izquierda. Se detiene, sus ojos un momento parpadean intentando ver más allá en dirección al arcoíris que se divisa a su izquierda, pero su atención es llamada a la derecha por una silueta parecida a su madre, aquel vestido que le encantaba usar, blanco hueso con bordados en hilos, dejando al descubierto sus esbeltos hombros, conmocionada, grita fuerte:

—¡Mamá, mamá! —Parece no escuchar su llamado, oye un estruendo de un motor de aeroplano que sobrevuela las cercanías, se acerca rápidamente… el despertador de la mesa de noche está sonando, es hora de levantarse, otro día más de trabajo, lo habitual que hacen el común de las personas; luego de arreglarse, se prepara un café. Lee las hojas del libro de investigación sobre las drogas y su paso histórico, la temática del problema, su mente por momentos se eleva en recordar los sueños extraños que la perturban desde que empezara la investigación, miles de interrogantes en su cabeza, los tabúes son el cáncer de la sociedad y llegar a la verdad ¿Pero cuál verdad? ¿Qué es lo que lleva al hombre hacer esclavo de sus propios inventos? En su afán por encontrar las respuestas, su mente se agota, la mujer del sueño con su ropaje deslumbrante, el pantano tenso por la neblina rodeado de pequeñas colinas como islotes cerca de un posible reino, una gruta oscura, húmeda en noches que la luna brilla con más esplendor, extraños pájaros revolotean en su entorno, en la oscuridad, ella brilla, su cabello blanco, ondulado, el fascino de su presencia embriagante, la curiosidad por recordar el rostro de ella es lo que le inquieta. De nuevo, en el libro continúa leyendo y tratando de entender cada época en la historia global de las drogas, esa historia que muchos no conocen, tomando apuntes de nuevos informes de investigación. El teléfono suena; se levanta para contestar a la llamada.

—BerryColoth —contesta Suyan.

—Buen día, Suyan, habla Vladimir, ¿Cómo te fue en tu viaje? —le pregunta al teléfono su jefe, controlando.

—Buen día, Vladimir, me fue fantástico en el viaje, en este momento trabajo en el artículo con la información que Edward me proporcionó más mi investigación —le dice, sin muchas explicaciones, intentando ser ella breve.

—¡Buena noticia! Para ser sincero, no esperaba más de ti, los informes que he leído sobre el tema son sorprendentes. ¡Impactarán al público, créeme! —le dice, halagándola para disimular.

—¡Eso espero! Paso más tarde a tu despacho para enseñarte lo nuevo que estoy elaborando —le contesta ella para tranquilizarlo.

—Te espero, pasaré toda la tarde en la redacción, mi querida Suyan, el tema a mí me está empezando a inquietar. —Vladimir no oculta su preocupación.

—Gracias, Vladimir. Nos vemos en la tarde. —Cuelga el teléfono para continuar con la lectura, interrumpiendo nuevamente, suena el citófono.

—¿Qué desea? —la voz de Suyan suena un tanto molesta por el disturbio.

—Disculpa por la molestia —le contesta Edward apenado—. Sé que es temprano para molestar.

—Pierde cuidado, pensé que fuera un vendedor inoportuno, se tornó una moda de llamar o tocar a la puerta para vender seguros o un servicio. ¡En fin, ya sabes! Sube, te preparo un café, es cuestión de oprimir un botón. —Abre la puerta y espera que suba.

Ya en el apartamento, Edward sonriendo le da las gracias y continúa diciendo:

—Hoy no puedo pasar por la redacción, son estos otros papeles, parte de la entrevista al Dr. Miceli. Viajo a New York, estaré hospedado en un hotel del Central Park. La entrevista de nuestro famoso artista es un hecho, parece que no piensa asomar las narices por estos lados, toca cazarle allá —le explica el motivo del viaje relámpago.

—Un poco lejos —comenta, mientras le pasa la taza de café.

—Sí, sí, lejos, pensando de llevarle chocolates a mi abuelita que vive en New Jersey… —De nuevo le salta esa chispa de humor que le caracteriza a Edward—. Se te ve de un buen semblante hoy —termina diciendo.

—Pasé una buena noche, ahora trabajo en tema, en la tarde me reúno con Vladimir. ¿Qué te parece esto? Aquí muestra que en Europa en el tiempo del consumo del opio en las clases humildes no se definió que fuera motivo de perjuicios o que fueran catalogados delincuentes, esto radicó en el punto que para aquel entonces un ciudadano era bien visto, cuando trabajaba y pagaba sus impuestos, mantenía su familia, una moral dictada por las reglas de buena conducta, en pocas palabras, cuando eres productivo a una sociedad. —Y le enseña a Edward todo el trabajo que mostrara a Vladimir.

Un tanto confundido la mira Edward.

—¿En qué se diferencia ahora?

—La diferencia está, los de clase alta y los pobres que consumían opio, eran vistos por igual, simplemente la curiosidad humana, estamos hablando de la primera droga que conoce la sociedad para utilizarla de manera recreativa marcando un antes y después de esto, recuerda que se crean para ese entonces los fumaderos de opio en París, Londres, otras ciudades más, esto cambia notablemente con el tiempo, en el siglo XX. Para el pueblo chino pasó diferente, los contrabandistas europeos que encontraron un negocio muy lucrativo en el intercambio comercial entre Europa y China, el opio indio fue una economía en aquella época rentable, pero a diferencia, los europeos, sobre todo los ingleses, conocían qué era el opio, los chino no, para ellos era algo nuevo; cuando desconoces la verdad eres vulnerable, así que experimentaron con algo que no conocían y las consecuencias fueron fatales.

—Claro, esa fue la gran crisis en China. —dice, mientras él le escucha con atención a las explicaciones y argumentos.

—El opio se cultivó en el oriente, fue utilizado en Europa para producir diferentes fármacos para la ayuda de multitud de males, sedantes… el uso desmedido de los opiáceos significaría un problema más adelante en capos de investigación médica, al enfrentar el poder de este, ante las dependencias a dichos fármacos, teniendo en cuenta que el uso recreativo fue una extravagancia adoptada por costumbres extranjeras, países como Turquía, por darte un ejemplo; se usó como afrodisíaco ya que existía la poligamia —le dice, intentando demostrar en su explicación el motivo del consumo en la antigüedad.

—Esta historia muchos la conocen, Suyan —responde Edward incrédulo.

—Es verdad, te aclaro de nuevo que en el siglo XX pasan muchos cambios importantes socioculturales, ante todo políticos, aparece una nueva clase social reducida a cero, inservible, desechable producto de dejar rienda suelta a sus más profundos placeres que se denominó a la marginalidad —le comenta, intentando aclarecer Suyan sus conclusiones.

—¡Contradictorio! —dice Edward mostrando la sorpresa en su rostro—, en la época de la prohibición del alcohol quien consumiera una bebida embriagante era una persona pervertida.

—Querido amigo, esa es la mente humana, vivimos en continuas contradicciones.

—Gracias por el café. —Se levanta él de la mesa con dirección a la puerta.

—Buen viaje, Edward —le despide Suyan.

En la oficina de Vladimir, en horas de la tarde, coloca sobre el escritorio el material elaborado.

—Este es el trabajo elaborado con respecto al tema. —Y le entrega ella todo el informe.

Vladimir lee los informes realizando una multitud de gestos.

—Interesante, se aclara los dos casos. Las drogas y su uso médico, que es el fin principal, la curiosidad por explorar lo desconocido traspasando las reglas sociales —le comenta, conforme Vladimir al leer el artículo.

—Si el fin principal, la química farmacéutica, creando fármacos como la morfina, el primer analgésico potente, logra aislar el alcaloide del opio, en el caso de la heroína —mirando a los ojos de Vladimir fijamente, logrando su atención absoluta—, se empezó a comercializar a finales del siglo XIX por un laboratorio alemán. Fue la preferida de los médicos gracias a la revolución de las agujas hipodérmicas; sus efectos eran más rápidos que la morfina oral, en la antigua Grecia fue vista esta planta «La adormidera», amapola, planta de opio como analgésico y antirreumático, pero como toda droga narcótica produce fuerte dependencia.

—Suyan, tienes mi visto bueno, continúa con la investigación del artículo —dice Vladimir.

–Muchas gracias, Vladimir, me quitas un peso de encima —responde Suyan con la felicidad reflejada en su rostro. Tomando todos los reportes abandona la oficina de Vladimir para continuar trabajando antes de regresar de nuevo a casa.

La costumbre es rutina, como lo es para muchas personas, al igual que Suyan no se diferencia en nada. Ya en casa, cuelga su abrigo en el guardarropas con las bolsas del supermercado en brazos y ve saltar del diván con agilidad escurridiza un gato negro, la toma por sorpresa, asustándola, y se le caen las bolsas de los brazos al suelo, rodando las manzanas en diferentes direcciones del salón. Recoge todo y lo coloca en la cocina para salir en busca del gato, pero no lo encuentra. Cierra la ventana por donde probablemente pudo entrar el animal. Sin dar mucha importancia a lo sucedido, se prepara una ensalada de atún, y suena el timbre de la puerta. Va a su llamada.

—Buenas noches, señorita BerryColoth, disculpe la molestia, llevo horas buscando a *Mimosa,* mi gatica, he visto la luz encendida —dice la mujer un tanto apenada y preocupada.

—Buenas noches, señora Walden, sí, la he visto hace un rato, al parecer entra por la ventana del cuarto de baño, cuando la gata me ha visto, corrió de nuevo fuera, disculpe, pero ya no está aquí, tendrá que buscarla en otro lugar —responde a la inquietud de la señora Walden.

La mujer hace una expresión de desencanto y disculpándose se marcha.

Luego de cenar, cansada, ya en el dormitorio rueda la puerta del closet, asustándose de nuevo al ver el gato negro dentro del mismo, echado encima de la ropa; lo agarra, y le acaricia, para llevarlo de nuevo a su dueña, la señora Walden, que tiene rentado un apartamento en el segundo piso. Luego de timbrar a su puerta, esta abre.

—Señora Walden, no me creerá donde he encontrado a su gatica. ¡Dentro del closet! —le cuenta Suyan.

—Muchas gracias por traerla, he estado preocupada por mi linda *Mimosa.* —Mientras la toma en brazos, dirigiéndose a la gata le dice—: Eres una consentida maleducada. ¿Cómo está eso que entres a casas ajenas a molestar? ¡Ah, *Mimosa*! —Salta la gata con dirección a su alimento.

—Muchas gracias, señorita Barry Colth, disculpe usted las molestias que le causó mi *Mimosa.*

—Pierda cuidado, señora Walden. Buenas noches, que descanse. —Y le sonríe ligeramente.

La conserje del edificio escuchando las voces, sale preguntando:

—Suyan, Suyan, ¿todo va bien?

—Sí, no te preocupes, es solo la gatica de la señora Walden que entró por la ventana al apartamento. Se la he entregado de nuevo, que descanses, Sara —responde Suyan.

—Gracias a ti también, que descanses, Suyan —le dice Sara.

De nuevo, en la soledad de su apartamento, casi las 20:30 sin escuchar un solo ruido, donde la caída de un alfiler podría percibirse, la noche es para descansar y los días son para trabajar, siendo uno igual al otro, atrapados en la tediosa y aburrida rutina del día a día.

Capítulo V
La Trilogía Sublime

En la terminal de aeropuerto *John F. Kennedy* espera su turno para tomar el taxi con rumbo a su hotel; el viaje ha estado largo, un día un tanto lluvioso, la multitud, el flujo del tránsito son habituales en *New York*, la ciudad que no duerme, por fin le llega su turno para abordar el taxi.

—Por favor, con dirección al Central Park. —El taxista le mira por el espejo retrovisor del auto, y con un movimiento de cabeza le saluda, arrancando por las anchas y espaciosas calles de *New York*.

—Por aquí está perfecto para mí, gracias. —Dejándole a unos pocos metros del hotel, camina unos cinco minutos, en la recepción del hotel le atiende una joven:

—¡Buen día! Tengo reservada una habitación a nombre de Edward Marcuccio para el día de hoy.

—¡Buen día! Por favor, espere un momento. —La joven busca la fecha de reserva y el nombre.

—¿Cómo dijo que se llama, por favor? —pregunta la recepcionista del hotel.

—Edward Marcuccio —responde, echando un vistazo a su alrededor.

—Sí, aquí aparece su reserva. Esta es la tarjeta de la puerta, es un placer, señor Marcuccio tenerle como huésped, disfrute de su estancia —le dice tomando la recepcionista todos los datos.

—Gracias. —Edward toma la tarjeta y los papeles más el equipaje, y se dirige al elevador.

La habitación del hotel tiene una vista preciosa de Manhattan. Coloca el equipaje en el suelo, se tira en la cama y descansa unas cuantas horas antes de salir de nuevo, pues el viaje fue largo, dando paso al día más extenso debido a las seis horas de diferencia, pero es la única oportunidad de encontrar al maestro Thomas Rozanne en su exposición de arte, donde está anunciada su asistencia al evento cubierto por varios medios.

En el distrito de West Chelsea es en la calle bohemia de la *New York* actual, sus cinco cuadras donde se respira arte puro, y lo sobrio se confunde con la sencillez.

Edward es invitado a un aperitivo en la galería de arte que presenta una parte de los cuadros de artistas vanguardistas neoyorquinos, la fuente que le proporcionó la información es viable y la asistencia del pintor paisajista Thomas Rozanne es confirmada.

Toma una copa de champagne, y espera verle, mientras recorre la galería deleitándose. Una rubia atractiva llama su atención, el escote pronunciado no pasa desapercibido de ninguna manera, y se acerca Edward para entablar una conversación.

—Por lo visto ya somos dos los que estamos solos. ¿Apasionada al arte? —los matices de su voz se escuchan con un tono seductor, tomando un sorbo de champagne.

—Sí, trabajo con arte, ¿señor…? —le responde en actitud distante la rubia.

—Edward Marcuccio, un placer —Y le extiende la mano derecha.

—Katherine Pavet, igualmente, es un placer. —Le estrecha la mano en una actitud más amable.

—Si trabaja con arte, conocerá mucho sobre el tema —afirma Edward.

—Tengo una laurea en la universidad de Toronto en artes —responde Katherine.

—Ahora sé a qué sombra arrimarme, de mi parte mis conocimientos sobre arte son limitados.

—Le interesa el arte, porque de lo contrario, no estaría aquí —Sonríe la joven rubia.

—Me interesa un pintor, es Thomas Rozanne, hoy estará presente, pero no tengo el gusto de conocerle en persona. —Edward espera la reacción de Katherine.

—¡Thomas Rozanne! —exclama admirada Katherine, por el interés al maestro

—Sí, el mismo, es un maestro del paisajismo, me cautivó sus cuadros, en especial *La gruta Azul*. —dice Edward, dejando ver el interés de dicho cuadro.

—A mí me gusta más el segundo de los tres cuadros sobre ese tema, dos de ellos pertenecen a la colección privada de la familia BerryColoth y no han estado exhibidos al público —sugiere el punto de vista de ella en los cuadros.

—¡Sí , son tres cuadros! —Edward disimula su asombro un poco.

–Está entrando Thomas Rozanne, acompáñeme, se lo presento —dice ella, dirigiéndose los dos a abordar al artista de arte.

—¡Buenas tardes, maestro Rozanne! Es siempre un grato placer encontrarle, le presento al señor Edward Marcuccio, está interesado en su arte, sobre todo en los cuadros de la Trilogía Sublime —saluda Katherine al maestro en tono familiar.

—¡La belleza hecha mujer! —Rozanne se acerca saludándola con un beso en la mejilla—. Encantado, señor Marcuccio. —Ambos se estrechan las manos.

—¿Qué le llama la atención de ellos? —le pregunta el pintor.

No debe acosarle a preguntas indiscretas, no es el momento adecuado.

—El enigma que despierta alrededor del paisaje. Trabajo para el magazín *Mundo Actual*, y será un privilegio entrevistarle. ¿Podríamos acordar una cita? —dice Edward esperando que acepte ser entrevistado.

El artista, pensando qué responder, coloca su mano izquierda en su frente.

—Bueno, por supuesto, señor Marcuccio. ¿Qué le parece el viernes a las tres de la tarde en mi estudio?

—¡Perfecto, muchas gracias! —Consiguió la entrevista y su sonrisa le delata.

—No se diga más, gracias por el interés de parte del magazín en entrevistarme. Les dejo, continuaré saludando a los asistentes del evento, con el permiso de ustedes —dice Rozanne.

De nuevo, solo Edward y Katherine en la galería.

—Muchas gracias, Katherine. El magazín en el que trabajo, estamos elaborando una edición especial, tratamos temas de actualidad en diferentes campos. Mi tarjeta de visita, llámame, ha sido un placer conocerte, ahora debo marcharme. —Edward se despide.

Tomando la tarjeta, la guarda en su pequeña bolsa de mano.

—Para mí también es un placer conocerte, mucha suerte con tu entrevista. —Sonriendo, se aleja ella.

Edward abandona el lugar encaminándose al hotel, de nuevo aborda un taxi mirando la ciudad desde el auto, la metrópolis de los rascacielos con todas sus luces en la multitud de gente.

Estando en su cuarto intenta comunicarse con Suyan.

—Vamos, Suyan, contesta —murmura—. Por favor, agarra el teléfono. —Un poco impaciente, caminando de un lado a otro de la habitación con el teléfono en la mano. Salta la contestadora automática—. Suyan, por favor, llámame, necesito hablar contigo, es importante.

La diferencia de horarios dificulta la comunicación, mira el reloj para calcular qué hora pude ser en Europa y continúa hablando solo:

—Son las 11:30, lo más probable es que esté durmiendo.

Le es imposible comunicarse con Suyan, por el momento. Tomando su maletín de trabajo, se prepara para la entrevista con el pintor de arte. Empieza escribir tachando una y otra vez lo que escribe, se levanta de la mesa en busca de una bebida en el minibar, no encuentra nada de su gusto. Tomando la tarjeta del cuarto, baja al bar del hotel.

—¿Qué desea tomar? —le pregunta el camarero del bar.

—Por favor, un *Scotch* a las rocas —Edward responde

El camarero le sirve la bebida diciéndole:

—A su salud, amigo.

Edward levanta el vaso en forma de brindis y luego toma un trago, preciso lo que necesitaba, luego de un viaje largo, más la diferencia de hora, el estrés se deja notar, un buen trago siempre cae bien, la música le relaja; un tiempo después, se sienta. Al lado derecho, entre la distancia de dos sillas, una mujer interesante, por la imagen que proyecta. Está en *New York,* será un deleite para la vista, ella le mira y sonríe, él levanta el vaso en forma de saludo, luego cambia de silla para cruzar unas cuantas palabras.

—Veo que somos dos, que no podemos dormir, Julien Ardeson. —Y le extiende la mano.

—Edward Marcuccio, tiene usted razón, ¿por qué tan sola? —Le estrecha la mano a la atractiva mujer.

—Le haría la misma pregunta, pero como preguntó primero, me tocará responder, cuestiones de trabajo ya que todo no se puede tener, me imagino que usted también, por cuestiones laborales está aquí —dice Julien.

—Imagina usted muy bien, sí, por trabajo estaré unos cuantos días en *New York,* luego regreso a Zúrich, soy periodista —contesta a la pregunta Edward.

—Así que periodista… verdades, mentiras, ustedes tienen un gran poder mediático —le dice, mientras le mira y bebe del vaso.

—Le juro que soy diferente a los demás —dice bromeando él.

—¡Tiene buen sentido del humor! —lo dice mientras suelta una carcajada—. ¿Te molesta si nos sentamos fuera? —Y se dirige a la terraza; a su vez, él la sigue.

—¡Qué buena vista! ¿Viajas a menudo a *New York*? —Toma puesto en la mesa, frente a ella.

—No, no mucho, vivo en San Francisco y la empresa a la que represento me ha enviado aquí. —Toma un encendedor plateado y enciende un cigarro, ofreciéndole uno a Edward.

—No, gracias, no fumo —responde él amablemente.

—Tienes razón, posee una buena vista esta terraza. La noche y su encanto, pero más si se disfruta en buena compañía, ¡¿no crees?! —insinúa ella.

—¡Claro que lo creo!, más si esa compañía es encantadora. —Él ha entendido rápidamente, la química se siente.

—Gracias por el cumplido. —Mientras que mueve sus cabellos de una forma un tanto sensual—. Eres todo un galán. Te confieso algo, cuando te vi no pude resistir las ganas de saber al menos cómo te llamas, es un pecado que no vivas en San Francisco. —Lo mira de cierta forma que dice todo, leyendo en sus ojos sus intenciones, en ese momento quiere insinuarle algo más, pero el instante se interrumpe al sonar el celular.

—Disculpa es urgente tengo que contestar, ya regreso. —Edward sale del bar para contestar la llamada.

—Suyan, necesitaba comentarte al respecto de los cuadros.

—Dime, te escucho —le dice ella al teléfono.

—De los tres cuadros, dos de estos pertenecen a la colección privada de tu familia y nunca han estado exhibidos al público —le cuenta Edward.

—Ahora comprendo, yo vi esos cuadros antes, iré a casa de mi abuela, luego te contaré qué averiguo de nuevo. —Por fin recordó dónde vio ella los cuadros.

—El viernes contacté una cita en el estudio del artista de arte. Linda noche, gracias por devolverme la llamada. —Cuelga y entra de nuevo al bar, girando la cabeza en todas direcciones, no la ve, ella se ha marchado, y regresa de nuevo a su habitación.

Al día siguiente, toma rumbo con dirección a *Williamsburg* en la zona de *Brooklyn*, su vecindario es uno de los más extensos preferido de las jóvenes promesas artísticas en sus diferentes artes, un abanico de variedad artística.

—Hermosa casualidad encontrarle de nuevo —Le saluda con un beso en la mejilla.

—Sí que es casualidad, si hablamos de *New York*. —Sonriendo ligeramente Katherine—. Soy una apasionada del arte, en cualquier rincón que se respire esto, me encontrarán.

—Qué afortunado soy, mejor guía no podría tener, te confieso, el arte no es mi fuerte, Katherine.

—Un placer ser tu guía; toma nota, haremos una pequeña excursión —Y le enseña Katherine un poco del arte en la ciudad.

Recorriendo los sitios más importantes de *Williamsburg,* hablan todo el tiempo de arte, explicándole un poco los conceptos: las líneas, luz, la percepción del color, estilos… Respirando el aire bohemio que envuelve el mundo del arte.

—Me has dicho que te interesan los cuadros del maestro Rozanne, ¡pero todavía no entiendo bien el interés sobre ellos! —pregunta ella intrigada por este interés, en especial por los cuadros del pintor Thomas Rozanne.

—Por casualidad llegó a mi poder la tarjeta del maestro Rozanne, como periodista intento averiguar, es algo como un sentido que poseemos para encontrar la noticia —le intenta explicar que cada quién en lo suyo, eso lo que rinde al mundo especial dotando a sus seres de talentos.

—El maestro Rozanne es un creador de paisajes únicos y fantásticos, verdaderos oasis o belleza sublime, como sucede en el caso de *Trilogía Sublime*, he escuchado que uno de ellos es una obra de arte única y su valor es incalculable, se especula en el medio que pudo ser robado para venderlo en el mercado negro de arte —comenta Katherine.

Las manecillas del reloj giran volando, el tiempo como es habitual pasa demasiado rápido cuando se disfruta de una buena compañía, Katherine mira su delicado reloj, es hora de despedirse de Edward.

—¡Hermoso reloj! —dice Edward.

—¡Gracias! Es un obsequio de mi padre por motivo de mi graduación. —Luego se acerca dándole un beso de despedida en la mejilla, asegurando con ello una cercana amistad, el semblante de Edward queda algo sorprendido.

—Katherine, de nuevo gracias, eres una estupenda guía. Podríamos salir a cenar una de estas noches por la ciudad, si te encanta la idea. —Lo único que le pasa por su cabeza es decirle, hacerle ver, si es una compañía amena, porque es una mujer atractiva.

—Te llamaré, fue un placer poder ser tu guía. —Se aleja en dirección del parqueo.

Edward intenta abordar un taxi que le lleve de vuelta a su hotel, le intriga el misterio de los cuadros, solo le queda esperar un día y podrá estar en el estudio del artista de arte. Katherine pudo aportarle información importante, la persona justa en el momento, piensa entretanto el taxi recorre la ciudad.

El artista Thomas Rozanne le caracteriza su discreción. Suyan todavía no se comunica, Edward intenta descubrir toda la historia de los cuadros, las preguntas le empiezan a formularse en su cabeza. La tarjeta de visita de Rozanne entre los papeles de Suyan, la relación de él y la familia BerryColoth, ahora un posible hurto… Le inquieta las numerosas coincidencias, hablar con Suyan sobre todo esto, es demasiado para ella que está enfrentando una situación difícil, el asesinato de los padres de ella. Suyan le mencionó en una ocasión sobre el robo, las joyas, las obras de arte, la pregunta más inquietante es sobre el costoso cuadro: ¿Qué encierra el misterio de la *Sublime Trilogía*? ¿Qué hace a esos cuadros tan fascinantes? El único que sabe la verdad, es su creador, el maestro Rozanne, dentro de poco estará cara a cara con la verdad.

El esperado viernes llega, asomando su cara con un sol radiante y en unas cuantas horas se encontrará con el pintor de arte; cuando se está en una ciudad como *New York,* el tiempo pasa volando. Tranquilo, se dispone a preparar la entrevista, el teléfono suena. Edward tiene la esperanza de que fuera Suyan, pero no, es Katherine.

–¡Buen día, Edward! Espero que tus días en *New York* sean de los más placenteros, si tu tiempo te permite me encantaría cenar juntos, mañana sale tu vuelo de regreso a Zúrich, así nos despedimos.

—Yo, encantado, luego de la visita al estudio del maestro Rozanne, ¿dime dónde podemos encontrarnos? —El entusiasmo se denota en la voz de Edward.

—A las 18:30 podría ser, conozco un buen restaurante, queda en la misma calle de la galería de arte que exhibe los cuadros del maestro Rozanne —dice Katherine.

—Estaré sin falta. Te deseo un lindo día, Katherine, gracias por tu llamada, nos vemos en la tarde para cenar. —Cuelga el teléfono y toma su maletín con una actitud entusiasta.

No podría ser mejor día, pensando cómo debe abordar las preguntas, en un momento tendrá que entrar en el campo personal y romper la barrera, si quiere la información.

Acercándose la hora, cerca del estudio intenta comunicarse con Suyan, pero le es inútil.

Entrando al estudio, le saluda el artista.

—Bienvenido a mi estudio aquí en *New York*, por favor, póngase usted cómodo —le recibe con sencillez espontánea, casi familiar—. ¿Desea tomar algo?

—Muchas gracias, maestro Rozanne. —Le estrecha la mano—. Por favor, un café. —Luego, toma asiento, mirando disimuladamente el lugar, dando la impresión de caos.

—Un poco desordenado, le confieso que lo prefiero así. —dice, mientras se soba las palmas de sus manos entre sí. Cruzando las piernas continúa diciendo—: En este estudio suelo pasar más tiempo, viajo a menudo, se puede decir que no tengo un domicilio fijo, me apasiono con mi trabajo. ¡Me ha dicho que desea un café! Ya se lo preparo. —Se levanta sonriendo en dirección a la máquina de café; con la taza en mano se la entrega a Edward.

—Gracias, a esta hora un café cae formidable. —Tomando el café, deja la espontaneidad del artista fluir.

—Le confieso, señor Marcuccio, que no me gustan las entrevistas, pero tratándose de la revista *Mundo Actual*, me lo he pensado un poco. Hablo poco de mí, mi arte es mi mejor referencia, no soy bueno con el verbo, cuando pinto dejo libre lo que nunca me atrevería decir. —Se protege Rozanne de esas preguntas indiscretas.

—Sí, eso he escuchado de usted. Muchas gracias por el café. —Coloca la taza en el suelo, echando mano de los apuntes para empezar a preguntar—. La revista está elaborando un tema entorno a las drogas, es una edición especial para el mes de abril. Se está entrevistando a grandes personajes que aporten su visión con respecto al tema, en este caso es para nosotros un gran placer contar con usted, maestro Rozanne. —Luego de aclarar el motivo del artículo, pasa a formularle las preguntas—: Maestro, como artista creador de arte, su punto de vista es importante. Van Gogh, Dalí, por nombrar, se mencionan las drogas y su expresión de arte. ¿Qué tan cierto es esto?

—¿Ve usted por la razón que no me gusta hablar de mi vida privada? —Suelta una carcajada e intenta explicar—: Van Gogh hace parte de la corriente impresionista que causó su furor en el siglo XIX, una época marcada por cambios sociales, políticos y filosóficos, si miramos esa época para un pintor no era fácil vivir del arte. Dalí, al igual que Van Gogh, es influenciado por el impresionismo, pero fue un artista que experimentó con su arte, perteneciendo a esos cambios filosóficos y huyendo del clasismo de épocas anteriores, dejando libre la creatividad. Dalí y Miró son los pintores más destacados del Surrealismo, corrientes vanguardistas donde lo que hasta ese entonces era considerado absurdo, pasó a ser arte. —Se estira la espalda al respaldar del diván y continúa su explicación—: La escritura, al igual que la pintura, es una manera de comunicar lo que pasa en su entorno y las drogas hacían parte de ese ámbito, para ese entones no existía los estigmatismos de ahora.

—En cuanto a las drogas se refiere, la pregunta más cuestionable es: ¿Se es más creativo cuando se consume alguna sustancia psicoactiva? —pregunta Edward.

Guardando un momento de silencio, continúa:

—Existen dos universos, señor Marcuccio, el exterior y el interior. Ellos se comunican entre sí, los dos son infinitos; el hombre, en toda su existencia, las neuronas en su totalidad no las llega a utilizar, el cerebro humano es una maquinaria casi perfecta, pero muy compleja a su vez, por esta razón, cualquier sustancia puede alterar de forma positiva o negativa, y solo puedo decir que la exploración de estos universos, sobre todo aquel interior, es el que le lleva a la experimentación.

Es el momento que esperaba Edward para ahondar con respecto a la *Trilogía Sublime*.

—Hablando un poco de su arte, ¿por qué la *Trilogía Sublime*? —Edward espera paciente una respuesta.

—¡Ah, la *Trilogía Sublime*! Es la belleza sublime del universo, eso desconocido para el ser es aterrador al no saber controlarlo. —Se levanta de la silla del diván para beber un trago—. Trilogía, porque son tres universos.

—Pero me habla usted de dos, no entiendo, maestro. —Se muestra confuso, Edward.

—No sé si dejarle con la incógnita o responderle —dice, mientras bebe Rozanne de su copa, hace un gesto burlesco—. La verdad, es complicado de explicar, ya que usted no conoce los cuadros.

—Sí, tiene razón, los otros dos cuadros pertenecen a la colección privada de la familia BerryColoth. —Es el momento donde toda su sagacidad entra, para lograr averiguar el enigma que encierra los cuadros, continúa diciendo Edward—: Es un pecado que dos de esta trilogía no se puedan admirar, por lo tanto, su expresión no llegue a ser comprendida en su totalidad, es enigmático, mas si se tiene en cuenta que uno de los cuadros fue robado el día del trágico accidente del matrimonio BerryColoth. —Lo mira con firmeza, nota que el semblante del artista cambia, sin darle tregua, le descarga la pregunta comprometedora—: ¿Cuál cree usted que sea la razón del robo del cuadro? ¿Por qué asesinarlos? Para planear un robo, no siempre se debe cometer un homicidio. —Se inclina hacia delante, coloca los codos sobre sus piernas sujetando sus manos entre sí, espera la reacción.

El momento es tenso, Thomas Rozanne no logra disimular la incomodidad que le provoca la pregunta, bebe de un solo trago el contenido restante de la copa.

—Señor Marcuccio, nuestra entrevista ha terminado, si me disculpa, tengo otras cosas pendientes —responde Rozanne, molesto, sin disimular el fastidio de la pregunta.

—Fue un placer poderle entrevistar, a Suyan BerryColoth le será muy útil para la elaboración del tema su punto de vista. —Se levanta de la silla, acorralándolo una vez más con sus palabras.

—¡Ha, ha dicho, Suyan BerryColoth! —tartamudeando, los nervios traicionan al maestro.

—Sí, la hija de los BerryColoth. —Intuye que sus suposiciones no son en vano.

—Márchese, por favor —le dice enfurecido, ha entendido la intención de Edward.

—Maestro Rozanne, espero no haberle incomodado con mis preguntas, tome usted mi tarjeta de visita, si desea en cualquier oportunidad podríamos hablar sobre los cuadros. —Le deja la tarjeta en la mesa—. Muchas gracias, maestro Rozanne, que tenga una feliz tarde —se despide saliendo del estudio.

Un momento de tensión. Edward, fuera del apartamento del artista de arte, su instinto junto a su sagacidad le lleva a confirmar que sus sospechas tienen fundamento. Pensativo, camina unas cuantas cuadras. Tomando el teléfono, llama a Katherine, con el celular en mano mira a su alrededor la dirección del lugar.

—Edward, ¿estás libre? —contesta Katherine.

—Sí, ya te contaré. Creo que tardaré unos treinta minutos en llegar, nos vemos dentro de poco —confirma la cita Edward.

—Nos veremos dentro de poco —dice Katherine.

Estando en la zona de las galerías de arte, alcanza a ver el restaurante a su izquierda, al otro lado de la calle. Se dirige al local, y en la entrada del restaurante, el camarero a cargo de las reservas lo saluda con amabilidad, y le ubica su mesa; él espera sentado que llegue Katherine. Como es costumbre, las mujeres se hacen esperar, y Katherine no es la excepción. Esperando, mira el reloj; a los pocos minutos, entra Katherine acompañada del camarero, levantándose Edward le da un beso en la mejilla, seguido de un halago.

—Glamurosa, como siempre.

—Gracias, Edward. —Halagada, sonríe con la feminidad propia de las mujeres.

Edward está impactado por su belleza, luce espléndida, dejando denotar su esmero en arreglarse, su perfume le cautiva.

—Encantador el lugar, me gusta, buena elección, no es menos de esperar de alguien que le apasiona el arte —complementa Edward.

—Creo que acerté, espero que opines igual de su gastronomía, el restaurante tiene una buena crítica —asegura ella.

Ordenando la cena, el camarero le ofrece la carta de los vinos a Edward, cuenta con una buena selección de vinos que van desde los franceses, españoles, italianos, australianos, chilenos, argentinos y los típicos vinos de la región de California, una carta para todos los gustos y exigentes paladares.

Ordenando la cena, el vino. La música suave del piano da ese toque selectivo al momento, una velada, en pocas palabras, perfecta. Katherine no pude disimular lo mucho que le atrae Edward.

—Cuéntame, ¿cómo fue la entrevista? —pregunta un tanto curiosa.

—El maestro Rozanne es como lo describen, reservado en cuanto se refiere a su vida personal, sin duda, su vista personal sobre el tema es impactante, una gran ayuda para la elaboración del artículo, lo único que noté en él cuando quise ahondar con preguntas sobre los cuadros de la *Trilogía Sublime,* que rehusara a hablar sobre el tema, lo que no me resultó claro, hablamos sobre el concepto de dichos cuadros, para ser sincero, me es confuso, no soy experto de arte, pero son enigmáticos.

—De la *Trilogía Sublime* se conoce un solo cuadro, para entender mejor se tendrían que ver los otros cuadros, en sus similitudes estaría el mensaje expuesto en ellos, la expresión que los realza al campo sublime, esa belleza única, no me extraña que el maestro no quisiera hablar sobre ellos —dice Katherine.

—La confusión es el boleto para entrar al reino de los cielos. —Mueve la cabeza de lado a lado en un gesto de incertidumbre.

—Es así el arte, un tanto difícil de entender —aclara ella.

El tiempo gira en torno de las manillas del reloj, a quienes les parece lento y a otros rápido, depende de la circunstancia, jugando un papel importante. Edward, quien la compañía de Katherine lo invade, siendo el factor tiempo su aliado, respira complicidad, simpatía, transcurriendo la velada en una cena especial, para luego la despedida. Su vuelo está prenotado en la hora de la mañana. En tanto hablan un poco de todo, los días en la ciudad de los rascacielos como es llamada *New York* por algunos, una visión diferente en otro plano, en cuanto al problema en este caso, una visita cultural.

Capítulo VI
En las manos de Nyx

En casa de su abuela, después de hablar telefónicamente para avisarle de su intención de ir a Basel, a visitarles con el motivo de ver los cuadros. Toda la herencia de Suyan, después del homicidio de sus padres, pasó a manos de sus abuelos hasta que cumpliese la mayoría de edad; sería administrada por ellos, alejada de todo aquello que le permitiera recordar como forma de escape y alivio aquel episodio. Su abuela, asombrada por el repentino interés de ver los cuadros de arte, ya que nunca mostró interés por ello, llevando una vida modesta de pocas actividades sociales, concentrada en su trabajo con escaso tiempo para visitarles, la comunicación se limitaba a llamadas telefónicas habitualmente; la preocupación se denotaba en los ojos de su abuela, percatándose de que Suyan está más delgada de lo normal, pálida, con ojeras pronunciadas, abrazándola fuerte, un tanto emocionada al verla de nuevo y al preguntarle cómo se encuentra, ella le responde un tanto evasiva:

—Bien, trabajando mucho —expresa felicidad en el encuentro. Su abuela, complaciéndola, le enseña los cuadros colgados en uno de los salones de la casa, luego de ofrecerle una taza de té caliente, frente al cuadro, Suyan deja caer la taza de té. Su rostro cambia por completo en una expresión de horror, le pregunta asustada su abuela qué le ocurre, entretanto, ella no la escucha, el pánico se apodera de ella al ver los cuadros. Fuera de sí, insiste en marcharse, su abuela intenta calmarla, sin entender la situación, pero Suyan, aturdida, continúa insistiendo en marcharse y, sin despedirse, toma su bolsa de mano saliendo de la casa apresurada.

Al regresar a su apartamento, fuera de sí, toma la botella de coñac de la repisa de su cocina donde suelen colocar todas la bebidas, se sirve un trago, bebe de la copa bajando el trago fuerte por su garganta, bebe uno tras otro, sin parar; se inclina contra la pared, resbalando hasta llegar al suelo, donde rompe en llanto, el dolor la ahoga, continúa bebiendo de la botella, levantándose del piso camina al cuarto de baño, busca en el botiquín las tabletas para dormir; al encontrarlas, toma una cantidad considerable, pasándolas con un poco de alcohol. Fija su vista en el espejo, las máscara de ojos se ha regado en sus mejillas debido al llanto, perdiendo poco a poco la sobriedad, el alcohol está en su cabeza… tambaleando, se tira en la cama mirando fijamente la foto de sus padres, recuerda a su madre en la casa de verano, en el jardín, su madre pintando, mientras ella juega con los pinceles, las risas, los ojos de su madre que, mirándola con ternura, poco a poco los sedantes junto con el alcohol hacen efecto, adormeciéndose profundamente.

Está jugando fuera y escucha a su madre llamarla.

—Suyan, es hora de comer.

Ella corre enredándose entre las sábanas blancas que se encuentran extendidas, cubriéndole la cara; al retirarlas de su rostro, en un abrir y cerrar de ojos la oscuridad es lo único que ve, y otra vez el pantano, se escucha una voz que la llama:

—¡Suyan, Suyan…!

No es la voz de su madre, si no la mujer del pantano, la

oscuridad intensa no le permite ver, escucha la aves que revolotean en el entorno, al igual que el agua golpeando contra las rocas; intenta correr, su cuerpo es pesado como bloques de cemento, la voz se escucha cada vez más cerca de ella, la luz del traje le encandece los ojos, ella se tapa con la palma de las manos, esta le ha cegado, sin dejarle distinguir bien, el cabello largo, blanco brillante, un flequillo de medio lado que cubre la mayoría del rostro de la mujer dejando los labios rojos carmín al descubierto, frente a ella, su presencia influye un dominio en Suyan, dirigiéndole la palabra:

—Suyan, bienvenida a mi reino —Camina en torno a ella—. Este es mi mundo y el tuyo, al igual que tus padres.

Suyan grita fuerte:

—¡No, nooo, noo! —asustada, estremecida.

—Si rehúsas, sufrirá más y cada vez con más dolor —dice la mujer del pantano. Aparecen en su cuerpo llagas, erupciones cutáneas, empiezan a ser visible desde sus manos, una comezón seguido de un temblor que no puede controlar, al igual su cabello cae al suelo, sus dientes se aflojan deformando la mandíbula. Suyan mira el reflejo de su rostro en el agua, siendo escalofriante su imagen, sus labios quebradizos, la mitad de su cabellera ha perdido, las usuras sangrando en su piel, el terror se apodera de su cuerpo, el infierno le doblega su alma, perdiendo la batalla, su respiración se acelera sin poder controlar el temblor en su cuerpo, sola en la oscuridad, lentamente siente la agonía, su boca seca, perdiendo completamente la visión, un sudor frío la baña, la fuerza en sus piernas ha perdido, sus rodillas no las pueden sostener más, desplomándose al suelo. Sumergida en su pesadilla atrapada en el infierno del pantano a la voluntad de su enemiga, donde el miedo es su fuerza.

Suena su teléfono móvil al igual que el timbre. Edward golpea fuerte la puerta del apartamento.

—Suyan, abre por favor —grita fuerte Edward. La conserje sale para ver qué pasa.

—¡Señor Marcuccio! ¿Pasa algo grave? —asustada, pregunta Sara.

—Sí, la abuela de Suyan me ha llamado, está muy preocupada, al parecer no se encuentra bien. ¿Sabe si se encuentra en el apartamento? —explica a la conserje el motivo de los gritos.

—No, pero tengo una copia de la llave, Suyan me la entregó para cuando estuviera de viaje y me encargue de subir la correspondencia.

Preocupada, abre la puerta, entran en el dormitorio y encuentran a Suyan tirada en la cama con la botella al lado; la intentan reanimar, pero permanece inconsciente, sus pulsaciones están por debajo de lo normal. La conserje llama a la ambulancia para avisar la tragedia; en cuestión de minutos llegan al lugar el servicio de urgencias y primeros auxilios, entra con las camillas para dirigirse al hospital. En camino, la sirena suena, los carros abren paso en la autopista; ya en la unidad de emergencias del hospital, Edward no se despega ni un momento de ella, intenta reanimarla, sus pulsaciones son muy bajas. Angustiado, en el cuarto de emergencia sin saber si ella está escuchándole le dice:

—Por favor, regresa Suyan, no te dejes vencer ahora, ¿Me escuchas? Regresa, estoy aquí contigo.

Los médicos le obligan que abandone el lugar. El corazón de Suyan se paró por unos cuantos minutos, haciendo un último intento por revivirla, logran que sus latidos regresen a la normalidad, pero sigue en coma sin despertar, la trasladan a una habitación. El médico encargado de cuidados intensivos llama a Edward:

—Señor Marcuccio, tenemos que contactar con los familiares de la paciente para avisarles de su estado.

—Doctor, los padres fallecieron hace unos años, no tiene hermanos, pero le comunicaré la noticia a sus abuelos. —En el semblante se deja ver su preocupación, tendrá que comunicarle la dura noticia a su abuela y encargarse de toda la situación—. Doctor, ¿cómo está ella?

—Por el momento estable, tendremos que realizarle unos análisis para poder determinar cuál es su estado actual, toca esperar los resultados —dice el médico encargado de la estación de emergencia del hospital, al salir de la habitación donde fue atendida.

Tomando su teléfono móvil llama a casa de la abuela de Suyan. Contesta al teléfono ella.

—BerryColoth.

—Señora BerryColoth, le habla Edward, siento darle una mala noticia. Suyan está en la unidad de cuidados intensivos, tendrán que venir usted y su esposo, la encontré desmayada sin pulso en el apartamento, serán los médicos quienes le informen de cómo es su estado, por el momento, se encuentra estable.

—Muchas gracias por todo lo que hace por Suyan, le estamos muy agradecidos mi esposo y yo, salimos para el hospital en este momento.

Al colgar el teléfono móvil entra a la habitación donde se encuentra, la mira con profunda tristeza al verla inmóvil, silenciosa, su rostro pálido. Sentándose a su lado toma su mano y le dice:

—Cómo me duele verte así, ¿qué puedo hacer?, ¡dime!

Entra la enfermera a la habitación y al verle de esta forma le pregunta:

—¿Es usted su novio? Tengo que controlar sus datos.

—No, somos buenos amigos, compañeros de trabajo, no demoran en llegar sus familiares, ya les avisé, podrá preguntarles luego.

—Disculpe, se le ve muy preocupado, pensé que fuera su novio —dice la enfermera al verle tan preocupado.

Al salir de la habitación, Edward se encuentra a los abuelos de Suyan.

—Qué bueno que ya están aquí, la habitación es al fondo

del corredor a la derecha, la primera puerta, por favor, manténgame informado del estado de ella.

—Claro que lo haré, ve, descansa un poco, nosotros no encargaremos de ella —dice la abuela al encontrarlo preocupado.

—Gracias, señor Marcuccio —le da un abrazo el abuelo—. Si no fuera por usted, nuestra Suyan no estaría con vida ahora.

Edward, luego de dejar el hospital, empieza a sacar conjeturas llegando al punto de los cuadros preguntándose una y otra vez: ¿Qué pudo poner en ese estado a Suyan? Intrigado, dos horas más tarde, decide llamar a la señora BerryColoth.

–¡Buenas noches, señora BerryColoth!, le habla Edward. ¿Qué novedades tiene sobre el estado de Suyan?

—Buenas noches, Edward, bien, en lo que cabe, por el momento toca esperar los resultados de los exámenes realizados en las horas de la tarde.

—Señora BerryColoth, necesito preguntarle algo con respecto a Suyan, si a usted le queda bien que pase mañana en la tarde, ¿o prefiere otro día de esta semana? Es importante —dice Edward preocupado.

–Querido Edward, por mí no tiene problema, puede usted venir cuando desee, le estimo, le considero un miembro más de nuestra familia. En las horas de la mañana estaré en el hospital, por la tarde estaré de nuevo en casa, le espero mañana.

—Muchas gracias señora BerryColoth por el gran cariño, paso en las horas de la tarde entre las cuatro. ¡Que descansen! —se despide al teléfono Edward.

En la redacción, en la mañana, es llamado por Vladimir a su oficina.

—Entra, Edward, me he enterado, es una tragedia lo ocurrido a Suyan —dice Vladimir.

–Sí, es verdad, te confieso que estoy muy afectado. —Coloca sus manos en la cabeza y continúa—: Conozco a Suyan hace años, me cuesta creer lo que está pasando.

—Para mí es también una sorpresa, te llamo por la razón del reportaje, el trabajo toca archivarlo. —Vladimir parece estar resuelto a dejar el artículo.

Coloca Edward una expresión de disgusto y asombro.

—De ninguna manera, sé lo que significa para Suyan este trabajo, estoy en desacuerdo. Créelo, puedo llevar a su término este artículo, he trabajado junto a ella todo este tiempo.

Vladimir no del todo convencido, dice:

—Está bien, pero no te garantizo su publicación. —Una vez más, Vladimir hace alarde de su antipatía muy propia en él.

—Me imagino que tendré que darte las gracias por este acto generoso de parte tuya —es la respuesta sarcástica de Edward y sale de la oficina sin despedirse.

Tomando su maletín, luego del roce con Vladimir, se encamina a la casa de los abuelos de Suyan. Ya en la residencia de la familia BerryColoth toca el timbre. Es una casa con fachada antigua, tiene en la entrada un enorme portón, una villa de doce habitaciones. Recuerda en una ocasión, en tiempos de la universidad, la invitación a cenar. Abre la puerta la abuela de Suyan y le saluda con dulzura invitándole al salón a tomar una taza de té.

—Edward, no puedo ocultar mi tristeza, no dormí bien. ¿Cómo estás? —dice la anciana.

—¿Qué puedo decirle?, al igual que ustedes, preocupado —responde Edward.

—Sí, es una tragedia. —Encharcándose sus ojos de lágrimas, la anciana no puede contenerse, toma un pañuelo blanco que porta en uno de su bolsillo, y se seca las lágrimas.

—Señora BerryColoth, necesita usted de su fuerza ahora, sé que es muy difícil. La tarde que Suyan se encontraba aquí, la razón de su visita era ver los cuadros, mi intención es de ningún modo molestar. ¿Podría enseñarme los cuadros? —pregunta él rápidamente.

—¡Ah! Esos cuadros son una desgracia, primero mi hijo, ahora mi nieta, debo confesarle que en particular a mí no me gustan para nada, los encuentro excéntricos y enigmáticos —pasando por su cuerpo un escalofrío—, los cuadros hacen parte del patrimonio de la herencia de mi nieta, su valor es elevado, por esta razón los conservo.

Edward por un momento se eleva recordando las palabras del maestro Rozanne.

—Gracias por permitirme verlos, no soy especialista de arte, pero sí es verdad, cuestan una suma de dinero elevada.

—Por favor, acompáñeme, le enseño los cuadros. —La abuela le lleva al salón donde están colgados los cuadros.

Edward tiene enfrente los cuadros del maestro Rozanne, los observa con atención, despertando en él una extraña sensación mezclada de inquietud y espanto, erizándole la piel.

—¡Tiene usted razón! Regresemos al salón principal, por favor. —En el salón, cambia el tema de conversación de los cuadros—. Esperemos que los médicos nos digan que Suyan despertará pronto del coma.

—¡Dios le oiga! Mañana regresamos al hospital, le contaré cualquier novedad con respecto al estado de mi nieta —dice ella cabizbaja.

—Sí, por favor, si saben de alguna novedad no duden en comunicármela, me estoy encargando de los asuntos de Suyan en el trabajo, sé que ella querría esto. —Les muestra su interés incondicional de gran amigo.

—Qué bueno escucharle hablar de esta forma. —Sus ojos reflejan el agradecimiento.

—Debo marcharme, no le quitaré más tiempo, muchas gracias por la taza de té —dice, levantándose de la silla al despedirse de la abuela.

—Por favor, será siempre bienvenido a nuestra casa, me

es grata su compañía —terminando de decir estas palabras le acompaña a la puerta la abuela.

En el parqueo, a unas cuantas cuadras de la casa de Berry-Coloth, mientras entra al auto, enciende el motor, las ideas siguen vagas, toma dirección por la autopista principal y en la primera arteria vial se desvía en dirección al apartamento de Suyan. Apurado, entra y sube las escalas haciendo ruido, la conserje sale como es la costumbre, lo llama al verlo en el piso superior.

—Señor Marcuccio, señor Marcuccio, ¿cómo se encuentra Suyan? —pregunta Sara.

—Disculpe, sé que son más de la nueve de la noche. —Baja de nuevo los escalones—. Igual, los signos vitales se encuentran estables.

—¿No ha despertado? —Muestra preocupación en su voz Sara.

—No, está en coma. En este momento necesito la llave —le dice Edward.

—Pierda usted cuidado, que descanse —de nuevo dice Sara—, que descanse, señor Marcuccio.

—Gracias, igualmente —responde Edward.

En el apartamento ve al gato negro, se acerca este y se enreda entre las piernas de Edward llamando a juego, le maúlla; lo agarra y le acaricia suave.

—¿Por dónde entraste? —Le causa gracia la hazaña del gato a Edward.

Suena el timbre, y acude al llamado, abriendo la puerta con una mano, mientras con la otra sostiene al gato.

—Disculpe usted, soy la vecina del piso inferior, he visto la luz, verá usted, mi gatica le encanta entrar al apartamento de Suyan. ¡Qué vergüenza tengo! —Mira al gato y le dice—: *Mimosa*, eres maleducada. —Y la toma en brazos.

—Los gatos son así, caprichosos. —Le hace gracia el gato al igual que la vecina.

—No es que yo sea chismosa, escuche, Suyan está en el hospital, ¿es verdad? —pregunta en tono bajo, apenada.

—Sí, se encuentra hospitalizada, por el momento no puede recibir visitas, su estado es delicado, me encargaré de todas las cosas de Suyan. Controlaré que todas las ventanas estén cerradas, mi tarjeta de visita, por favor, guárdela. —Y le entrega la tarjeta con sus números de teléfonos a la señora Walden.

—Gracias, disculpe, me llamo Gabriela Walden —se presenta la vecina.

—Un placer, señora Walden, mi nombre es Edward Marcuccio, así que me verá usted en más ocasiones. Buenas noches, señora Walden, que descanse.

—Igualmente, cuando hable con Suyan le da un saludo de mi parte, espero su recuperación pronta —se despide con la gata en sus manos, la vecina.

Edward coloca un poco de orden al caos; en el estudio empieza a buscar los reportes y material de trabajo de Suyan, se sienta a leer los apuntes:

La búsqueda de la paz interior y la liberación del espíritu, el tormento del alma, el hombre en el transcurso de la vida ha necesitado de sustancias para enfrentar los problemas que le aquejan, ya sean grandes o pequeños, las curas milagrosas conllevan al creer que el ser humano, una tableta, un jarabe, cualquier elaborado químico, podría proporcionarle el bienestar que necesita, terminando por consumir más de lo que en realidad debería tomar. Los insomnios, cefaleas y los trastornos nerviosos; tomando un caso particular esta de las píldoras todopoderosas, que fue el nombre que describieron algunos medios, estas dichosas anfetaminas, analgésicos, barbitúricos, las benzodiacepinas, por aquella época fueron un estilo de vida. Algunos periodistas moralistas, estigmatizaron algunas drogas y otras no, en los años 60.

Por momentos, sus pensamientos le traen a su mente la

imagen de Suyan en el estado que la encontró, en sus conjeturas, al intentar entender aquel episodio concluyendo al pensar dentro de sí, la soledad que vivimos nos acondiciona a la infelicidad, obligándonos a utilizar una vía de salida sin existir víctimas ni victimarios, solo circunstancias.

Una melancolía nefasta. ¿Qué podría hacer que no hubiera hecho por evitar el terrible desenlace? Entre las cosas de Suyan y el mundo de ella, la historia de nuestras vidas, el dolor en silencio, esa lucha constante por sobrevivir, navegando entre la calma y la turbulencia, sin ser diferente, unas veces más y unas menos, en la búsqueda de quien sabe que, el éxito, el reconocimiento, la acep-tación, olvidando lo que en realidad importa, nuestro propio ser.

Capítulo VII
El silencio en el dolor

«Ni siquiera la muerte fría y oscura lograrán separarnos, se llevaron sus cuerpos, pero su amor que sembrarán en mí, vivirá y renacerá cada primavera, sin importar aquel rosal de rosas que mueren en el frío invierno, al despertar el retorno de la primavera veré ese amor, yo soy ese rosal que ellos sembraron».

Suyan BerryColoth.

Esa noche oscura, la tragedia que ha envuelto a la familia BerryColoth, el destino clama justicia, siendo ciega ella, ejecuta con su espada, midiendo el peso de la culpa en su balanza.

El misterio oculto en aquellos cuadros está toda la verdad.

El teléfono suena. Temblando el pulso a la abuela de Suyan, levanta el auricular de un teléfono antiguo, el cual el timbre es extremadamente ruidoso.

—BerryColoth —contesta la llamada, su voz se escucha ansiosa, desolada, estando la perspectiva al acecho de cualquier noticia cual fuese esta.

—Buenos días, señora BerryColoth, le llamamos del hospital. El Dr. Samuel Lasso está a cargo del caso clínico de su nieta, me ha pedido que le contacte para informales que es él quien tiene los expedientes, necesita reunirse con los familiares para darles todos los informes de la situación de la paciente, por favor, en el lapso de hoy o mañana podría contactar la cita con ustedes.

—Hoy en la tarde, mi esposo y yo podríamos hablar con el Dr. Lasso. —Confirma su asistencia la abuela.

—A las dos de la tarde les espera el doctor. ¡Muchas gracias! —dice la asistente del hospital.

Cuelga el teléfono, la anciana le comunica a su esposo que deben salir al hospital en las horas de la tarde; las palabras son escasas, solo quedan las miradas de profunda tristeza, la esperanza de un milagro del despertar de su nieta.

Transcurrido el tiempo, y ya en la consulta del Dr. Lasso, los ancianos BerryColoth con aspecto cansado saludan al médico asignado a la salud de su nieta.

—Señores BerryColoth temo que tienen que saber que no puedo darles falsas esperanzas, no sabemos por cuánto tiempo estará en coma clínico, como puede que despierte hoy, como puede que no despierte nunca, en estos casos la medicina está lejos de poder dar un diagnóstico preciso —dice el Dr. Lasso.

—Comprendemos —es lo único que responde el abuelo, mientras que su esposa escucha atenta sin interrumpir.

—Pudo haber desencadenado en una parada cardiorrespiratoria, pero logramos mantener sus signos vitales estables; en las pruebas de sangre muestran las sustancias que mezclo, es importante que estén preparados y asuman toda la responsabilidad del caso. —El médico intenta confortarles, pero está en la obligación de informales del caso sin crearles falsas esperanzas.

Las noticias son iguales, la esperanza es lo único que no se pierde, les queda esperar, el destino, una vez más, toma parte de la vida de la familia BerryColth. En la habitación de Suyan decide acompañar a su nieta un momento, tomando su mano la acaricia suavemente, la mira con los ojos encharcados de lágrimas, entretanto, el esposo a su lado, con su brazo derecho la abraza. El silencio es eterno. ¡Qué pasa en el mundo de Suyan, en su mente! ¿Les escuchará? ¿Sabrá que están allí? Aparente serena yace ella, sumergida en un profundo sueño.

El dolor puede convertir a las personas en el monstruo más espantoso y su vida en una pesadilla, el miedo en la excusa para no enfrentar al destino, condenándoles a vivir en el silencio y la soledad, tornando todo en oscuridad; en el fondo de nuestros más remotos pensamientos en el universo interno, en esa pesadilla vive Suyan enfrentando a su mayor enemigo.

Mientras la mujer se deleita contemplando a Suyan destruirse poco a poco, con la majestuosidad que la caracteriza, dueña del dolor de Suyan, ensañándose en ella, convertida en un ser irreconocible, carente de dominio propio. Los pensamientos de Suyan son vagos, es como si perdiera todo punto de razón común y el terror fuera lo único que percibe, la agonía de lo incierto, tejiendo una telaraña en la cual se encuentra atrapada, donde la oscuridad, esa que todos tememos que llegue en algún momento, la misma que no nos deja ver con claridad, la vía a tomar.

Colocándose al frente de Suyan, mientras esta permanece tirada, golpeando el suelo con un cetro de color cobrizo, en el cual tiene en su parte superior un cuarzo tallado de gran dimensión, iluminado de alguna energía extraña. Logra la atención de Suyan, levanta la cabeza para intentar mirarle, mas la mirada de ella es borrosa y no puede distinguir bien, sin lograr concebir las fuerzas para levantarse, el dolor en sus músculos se manifiesta en forma de tirones intentando desgarrarla, debilitando su respiración, es la angustia del final.

—Mi querida Suyan, este es el mundo real de muchos, el dolor es la puerta a él. —Con voz propia de aquel que domina la situación.

Suyan le escucha entrecortado, ya que sus sentidos han perdido la capacidad.

Agrega la mujer:

—¡Sí, ese que ocultamos! —Mientras lanza su mirada con desprecio ante su víctima—. Te preguntarás, ¿quién soy? —Se inclina un poco para intentar que Suyan perciba su mensaje—. No soy ese monstruo, ni siquiera un demonio, soy algo peor que eso, en tu condición actual es imposible de entender, tu dolor se convirtió en odio, el odio es mi energía, cuanto más fuerte es tu odio, más grande es mi dominio.

—Me siento exhausta, mis días son noches, mi confusión me atan como grillos de cadenas que pesan en mi razón, no sé si tengo alma —intenta Suyan con mucho esfuerzo responderle.

—¿Alma? ¿Te sigues aferrando a la vida? —Enfurecida, levanta el cetro atrayendo al cuarzo la energía de los rayos productos de la tempestad, moviendo en forma circular el cetro, provocando un huracán de intensa magnitud, agitando las aguas agresivas, golpeando todo a su paso y arrastrándolo. Suyan se sujeta de un tronco, entretanto la corriente la arrastra alejándola de tierra firme.

Suyan sigue adormecida a causa de los daños provocados por un coma etílico y las mezclas con diferentes hipnóticos, alejándola de la realidad de su entorno, mas en su interior la naturaleza es sabia, lucha por la razón de la vida y la supervivencia de nuestra especie en lo más complejo del ser humano, su universo en un infierno infrahumano.

Capítulo VIII
Los cuadros y el paradigma

En la redacción, Edward, está en su puesto con todo el trabajo realizado por Suyan antes del fatídico accidente que la portara a su estado actual y con la incertidumbre del camino a tomar sobre el artículo la presión de la revista. El reto de culminar el trabajo.

Tomando en mano aquel prospecto que ilustra los cuadros del pintor de arte, los mira una vez más; los cuadros son el principio de la tragedia, obviamente es lo único que queda claro, el intento de descifrar el enigma que rodea las pinturas de la trilogía. Colocando las manos en su cabeza, mientras apoya los codos en la mesa, no encuentra respuesta alguna al rompecabezas, el arte no es precisamente su especialidad, mas su sagacidad sí es propia en él, entrándose en terrenos nuevos, será la guía al igual que la brújula en un mar tempestuoso que le mostrará el camino que trazar, si tenemos en cuenta que esas virtudes únicas de cada individuo está aquí por una razón especial, es la compensación aquellas otras que probablemente se carecen en la búsqueda del equilibrio.

Sus pensamientos están continuamente unidos a las palabras del maestro Rozanne, los universos, son claves en un eslabón, la palabra y su interpretación. «Arte, universos, historia».

Edward deduce esto levantándose de la silla, toma su maletín de trabajo mientras que el reloj marcan las horas próximas a la pausa para salir a almorzar, y se dirige a Valentina que es la encargada de información.

—Valentina, no regreso hasta mañana, me dirijo a la biblioteca central, como es sabido tendré que apagar el dispositivo móvil, en caso de un recado importante, ya sabes, estás pendiente —le dice Edward a la recepcionista.

—¡Claro, Edward! Estaré pendiente, si es muy urgente escribo un e-mail —dice Valentina.

—¡Gracias preciosura, eres un encanto! —le responde, halagando como es su carácter frente a las mujeres.

—De nada —es la respuesta de Valentina entre sonrisas, ante la cautivante presencia de Edward.

Se dirige en dirección a la biblioteca central, luego de salir del magazín que está ubicada a solo cuatro cuadras del edificio.

Entrando a la biblioteca central, al frente está la sala de lectura. El ambiente modernista del salón, equipado con pantallas de ordenadores, Edward se ubica rápidamente en una de las mesas, escribe en la pantalla la palabra clave, en la búsqueda de datos biográficos, historia del arte y todo relacionado al tema. Encuentra un libro titulado: «*Un viaje fascinante en la historia del arte*». El titulo le cautiva, toma nota de los datos para luego pedirlo a la bibliotecaria.

—Este es el libro que busco en el momento —Le pasa Edward el nombre del libro a la bibliotecaria.

—Espere un momento, por favor. —Toma los datos y encarga el libro la bibliotecaria.

—Gracias —responde Edward—. Estoy en esa mesa justo al lado derecho de la entrada. ¿Le molesta si espero en mi mesa?

—No, solo esté pendiente cuando le llegue su libro —sugiere la bibliotecaria.

A los pocos minutos llega el libro, empieza la búsqueda, pasa hoja por hoja el libro. Está ilustrado, entreteniéndose en ellas, llega a una en especial, arte surrealista y continúa leyendo:

«Los primeros años del siglo XX se marcaron con grandes descubrimientos en cuanto los conceptos del universo y la psique del hombre, la interpretación de los sueños. Todo lo que para entonces podría ser absurdo toma ideas concretas».

Fija sus ojos en la ilustración, tomando apuntes de la pintura, data de comienzo de siglo XX.

Entra de nuevo a navegar en la red y encuentra varias obras de este pintor y su significado claro sobre el mundo oculto de nuestras emociones, en el momento, divaga la sagacidad de Edward:

—Mundo no puede ser... ¡Universo, universos! Eso explicaría las palabras del maestro Rozzane, el mundo se conoce, mas el universo es infinito.

La cabeza de Edward está punto de estallar, por el momento es conveniente parar de leer.

Sin embargo, no logra apartar las palabras del maestro Rozanne de su cabeza, todo empieza a tomar sentido.

Saliendo de la biblioteca se detiene en un restaurante de comida rápida, para ordenar un sándwich de estos que se preparan a gusto del cliente. Tomando su pedido se sienta al lado de la gran ventana para observar su entorno.

—Todo ser humano es un universo infinito —reflexiona en voz alta.

—¡Así es, querido amigo! —le responde un viejo que está sentado al lado contrario de su silla—. ¡Disculpe! —Maravillado, se gira Edward para verle de frente—. Acaba de hacer usted una reflexión en voz alta, no pude evitar escucharle, tiene razón en lo que ha dicho hace un momento, soy pensionista y tengo ochenta años, probablemente más de cuarenta años de edad que usted, creía saberlo todo, o al menos haber experimentado lo máximo en la vida, si le contara mi historia amigo, no me creería —dice el pobre viejo.

—¿Le molesta si me siento en su mesa? Me llamo Edward Marcuccio, soy periodista, trabajo en el magazín *Mundo Actual.*

—¡No es molestia! Tome asiento, Edward, me llamo Beni, disculpe que le tutee, luego de contarle mi historia que es algo vergonzosa, esta es la hora que no puedo creerlo ni yo. Siempre tuve una vida ejemplar, padre de tres hijos, un matrimonio de más de cuarenta años, cambié dos veces de trabajo en todo el tiempo de mi actividad laboral, mi vida se puede decir que era tranquila, solo cuando mi esposa falleció, hace poco más de doce años, todo cambió para mí. Me sentía solo, mis hijos se independizaron, les veía escasamente, me deprimía mucho; conocí una jovencita que trabajaba en la líneas de servicio caliente —se sonríe con un tanto de vergüenza—, esos clasificados que salen en los periódicos, encontraba alguien con quién hablar, la llamaba muy a menudo en el último tiempo.

Edward escucha con atención al anciano sin interrumpirle para que cuente su historia. Este viste modestamente y lleva consigo un reloj de plástico en su muñeca, su aspecto pálido, tose con frecuencia, está un tanto raquítico.

—Un buen día quedamos en vernos en un hotelito que ella me citó —continúa contado la historia el anciano—. Yo estaba muy ilusionado de conocerla, llegué a pensar que no estaba solo, la encontré en la recepción, me saludó, y me invito a subir al cuarto, yo lo encontraba todo normal, pero la realidad no era esa, luego de hablar un poco y empezar con el coqueteo habitual, se podrá imaginar el resto, pero nunca el final. —El anciano calla por un momento y baja la mirada a la mesa, en dirección a sus manos cruzadas. Levanta de nuevo la mirada a los ojos de Edward y suelta la palabra:

—¡Droga! Probé de la pipa que ella encendió, el *crack*, yo no sabía qué era, ni mucho menos qué podría ocasionarme. Mi vida dio un giro total; al principio no me di cuenta del problema, solo cuando perdí todo lo que poseía, quedando en la miseria absoluta.

—¡Qué historia, amigo Beni! Me ha dejado usted sin palabras, precisamente estoy realizando un reportaje sobre el tema de las drogas.

—¿En serio?, pues adelante con el reportaje, esa es mi historia, somos un universo infinito —le cuenta el pobre viejo, que tose todo el tiempo mientras le cuenta la historia.

—Sí, los conflictos internos. Gracias por contarme su historia —le reitera Edward.

—No, amigo Edward, gracias a ti por escucharme, bueno, regreso a mi posada, te deseo que el reportaje sea un éxito.

Al salir del restaurante de comida rápida, sorprendido por la historia que el pobre viejo le ha contado y lo compleja que puede ser la vida de cada persona, al igual que las operaciones matemáticas, esas ecuaciones que son rompecabezas, donde tienes que encontrar el valor real que es una incógnita, ¡pero el universo se rige por leyes físicas! ¿Nuestro universo interior? ¿Existe una fórmula? Son los pensamientos de Edward camino a su departamento.

De frente, al complejo donde habita, en una zona rodeada de naturaleza a las afueras de la ciudad, ya que es adicto a hacer deporte al aire libre, trotar en la mañana o en la tarde, o simplemente practica *Bike*. En muchas de las ocasiones, toma el servicio público para caminar un poco. Tomando toda la correspondencia de su buzón le echa un vistazo y de pronto tiene algo importante, mientras espera el elevador; su apartamento es el típico apartamento de soltero, un ático, en su parte superior está el dormitorio, el cuarto de baño, una inmensa bañera, en la primera planta la sala y comedor, junto la cocina separada por un bar con dos sillas rotatorias en color rojo, sin cuadros, solo un gran espejo con el marco en color plata, ubicado arriba del sofá, un candelabro con cinco velas en una de las esquinas del salón, dando un toque elegante y, a su vez, sobrio.

Reposa en el sofá cerrando sus ojos; tiene todavía en su mente la imagen del anciano, una historia un tanto conmovedora, toda la historia que ha envuelto el trabajo del artículo no deja de asombrarle, cada entrevista, cada investigación, los apuntes de Suyan...

Tomando la tablet, entra a leer las novedades del día. Uno de los diarios menciona la exposición de arte en la ciudad, haciendo referencia en especial a la exposición del artista Thomas Rozanne que se encuentra por esos días en el país. Admirado por el golpe de suerte, es el momento justo para encontrar de nuevo al maestro Rozanne, esta vez será implacable, no tendrá otra oportunidad, es el momento para colocar contra la pared al maestro Rozanne y poder obtener toda la información que necesita. Cambia su estado de ánimo por completo para concentrarse en su meta «el mensaje de los cuadros» centrando el objetivo de cada pregunta, le facilitará el camino de la información. La expresión en su rostro es de felicidad, después de todo un día de duro trabajo, se le facilita el encuentro con el maestro Rozanne el fin de semana, ahorrándole la molestia de acecharlo de nuevo donde fuera que en el momento se encontrara; eso explicaría, aquello que se repite tantas veces y solemos escuchar: el poder de los pensamientos atrae a las personas o sucesos a nuestra vida, extrañas casualidades o circunstancias inexplicables, paradigmas, como suelen llamarlos.

Entra saludando Edward en la redacción del magazín; son esos días en que el sol es caluroso y radiante, la primavera está empezando a dar sus muestras en el cambio de estación, y si a eso se le agrega que es viernes, perfecto. Dirigiéndose a su puesto de trabajo, coloca su portátil tomando su bloc de notas para empezar a trabajar con las preguntas, que de forma sutil haría al maestro Rozanne. La exposición está abierta al público a partir de las cuatro de la tarde, donde ofrece un aperitivo y se encontrarán los artistas y expositores presentes.

—¡Buen día, Edward! ¿Cómo va el trabajo? —le saluda Vladimir que está listo para una junta en el salón de reuniones.

—¡Bien, gracias, buen día! Trabajando en el reportaje, hoy tengo que entrevistar a un personaje en el campo cultural.
—Guarda la calma Edward.

—¡Fantástico! Ahora nos reuniremos para hablar de un posible tema, en caso de que el articulo no se apruebe, se tiene otro recurso a la mano, al faltar Suyan intentamos tomar medidas —dice Vladimir frunciendo el ceño.

—Comprendo, esperemos que no sea necesario —responde Edward un tanto molesto.

—Hablaremos luego, te deseo un lindo día —dice, acompañándole esa actitud propia de Vladimir.

—No le hagas caso, Edward, lo conocemos, le encanta ejercer presión —son las palabras de Claudia, la asistente de Suyan, que está imprimiendo el artículo del trabajo de esa semana.

Sin responder ni una sola palabra, le mira con la propia mueca de descontento, concentrándose en su trabajo. El resultado es al final importante, un objetivo sin tener cuenta las opiniones diversas. En pocas horas tendrá delante al maestro Rozanne, aquella sensación propia de esperar ese momento justo que acecha la oportunidad única, las manecillas del reloj lentas marcan los segundos, minutos y horas, sin dar tregua a la ansiedad, al contrario, ceden al placer de sentir el dominio propio de la situación. Mira con atención la ilustración gráfica del cuadro, dos de dichos cuadros los ha visto, el tercero es un misterio, una incógnita, fue robado y es la clave y pieza fundamental de la trilogía; las pirámides cuentan con tres partes, una base y dos laterales, es su deducción.

—¡Claro, la base! Ese es el restante —habla para él mismo y es un brillante razonamiento.

Durante toda la tarde no cesa de pensar en el momento único que podría ser el encuentro con el maestro Rozanne, en pocos minutos estará frente a él. La exposición de arte está a unas cuantas cuadras del lugar, los faroles iluminan el entorno en las calles empedradas, esquinas angostas sin una vía recta desniveladas por escalones. Continúa Edward su camino al punto de su destino, de frente está ya la galería; al entrar, intenta localizarle con prontitud, su deseo es abordarle el tema antes de la apertura oficial del evento. Las esculturas dificultan la visibilidad de los invitados; al instante, siente un golpe suave en el hombro derecho, se gira bruscamente, la sorpresa. ¡Eh aquí al hombre!

—Buenas noches, querido amigo, es un grato placer encontrarle de nuevo, que dicha que esté usted aquí en mi exposición de arte, cuénteme, ¿cómo va su reportaje? —saluda el maestro Rozanne.

–Placer mutuo, maestro. ¡Felicidades por su exposición de arte! Precisamente de esto quería hablarle, me ha dejado usted muy intrigado, luego de la última entrevista en su apartamento en *New York*, y al darse la circunstancia que usted se encuentra en la ciudad, aprovecho la oportunidad para contactarle —de nuevo al ataque Edward.

–Comprendo, comprendo, pero no dispongo de mucho tiempo en este momento, y notando su gran interés por mis cuadros, podríamos encontrarnos mañana a las nueve en el café de Devondo, calle Acuesta de la Iglesia de este sector, el martes parto de nuevo a Londres —dice Rozanne distraído y saludando con la mano a todos que le conocen.

—¡Encantado, maestro!, ¡Muchas gracias por su invitación! —Alegrándose del hecho, le extiende su mano con firmeza para terminar diciendo—. El café Devondo, mañana, maestro Rozanne —y termina la conversación.

La satisfacción de Edward es notable en su semblante, toma una copa de champán recorriendo el lugar y saludando a unos cuantos conocidos de los medios informativos. Una velada fantástica, la sobriedad, los invitados, disfrutar del evento, hace poco tiempo el arte era un tema que no le interesaba, entrar en un terreno nuevo es desafiante, un reto que cumplir, el trabajo por realizar, pero más allá de todo esto, la ambición de la meta final, es esta la razón que justificaría el comportamiento obsesivo que por naturaleza tiende a atrapar, al igual que un vicio, una vez dentro es difícil retroceder.

Pasado dos cuartos de hora de camino a su departamento, se desvía a casa de Suyan. El tráfico en la ciudad no es caótico en el centro de la ciudad por las noches, en cuestión de minutos estará en la zona.

Al entrar al apartamento, busca en el escritorio de la oficina, sin encontrar eso que necesita. Entra al dormitorio, revisa en cajones del armario, sin encontrar, deteniéndose, mira a su alrededor, la maleta que utilizaría en su último viaje Suyan está sin desempacar; al abrirla, encuentra la pequeña caja, sentándose en la cama la abre tomando de ella los recortes de periódico que redactan el crimen del matrimonio BerryColoth, encontrando aquello que buscaba para leerlos con calma.

—¡No puede ser verdad! —exclama, mientras sostiene los recortes de periódico en sus manos. No es precisamente la versión que cree conocer, por lo visto, no concuerda con los hechos, concluyendo que la información fue manipulada, sin testigos del crimen, un plan bien estudiado, la presa jugaría su papel importante como suele ocurrir en estos casos, un cordero expiatorio y resuelto, casos que transcribieron son difíciles de indagar, la causa y móvil del crimen no están claro.

—Los cuadros, los cuadros —repite una y otra vez, el misterio que encierra a dichos cuadros al igual que un rompecabezas, se le tienen que encontrar la pieza que encaja a la perfección en la confusión del caos.

La mañana del sábado asoma sus primeros rayos al igual que el optimismo y la expectativa crecen al encuentro por tercera vez con el maestro Rozanne. Edward se prepara para cumplir la cita en el café Devondo, se apresura un poco, ya que tomará el servicio público, encontrar un parqueo en el casco antiguo de la ciudad es complicado, por lo general se llega más rápido en los servicios públicos; en la línea del tranvía que cruza la ciudad en dirección al punto de encuentro no puede apartar de su mente los cuadros y todo el misterio que encierra, en la próxima parada está el café, se coloca de pie, toca el timbre y enérgicamente se baja del transporte. Camina veloz en dirección al viejo café que, al divisarlo, acelera el paso. En cuestión de tres minutos entra al local buscando con la mirada en qué lugar puede estar sentado; al localizarle, le saluda con la mano alzada dirigiéndose a la mesa donde se encuentra sentado.

—¡Buen día! Espero que pasara una perfecta noche —saluda el maestro Rozanne.

—¡Buen día, maestro! Sí, gracias. —Toma asiento y continúa hablando—: Me imagino que ha tenido mucho éxito en su exposición de arte, es usted uno de los artistas más cotizados del momento.

—Bueno, ¡¿qué puedo contarle?!, el arte no se vende hoy igual, muchas galerías en grandes ciudades como Barcelona, han tenido que cerrar sus puertas, los coleccionistas piensan mucho para comprar una obra, nuevas galerías exclusivas especialmente donde los compradores provienen de países con economías sumergentes, cerrando el círculo a intermediarios que son, sin duda, los grandes expertos del arte, sin contar las tasas impuestas al arte, al igual que todo, la crisis afecta enormemente a todos los campos financieros, un artista se puede hoy cotizar muy alto y mañana bajar el precio de sus obras, los mercados son sensibles en el momento e invertir en arte es para pensarlo bien. Londres ocupa en este momento el tercer lugar en ventas de arte, prestigiosas galerías de arte y coleccionistas, al igual que expertos, se dan cita en esta ciudad, es por esto por lo que viajo el martes, me urge estar en Londres, las grandes exposiciones que atraen a la mayoría de público y se vende el arte son las grandes ferias —explica a Edward el negocio del arte.

—No cabe duda de que la trilogía *Sublime* es una de sus obras cumbres. —El primer argumento para entrar en el tema son las palabras de Edward y no pierde el tiempo en redundancias.

–Sí, es así. —Despega el contacto visual de Edward para abrigar sus pensamientos en la zona de sus recuerdos.

—Maestro, ¿son enigmáticos o misteriosos dichos cuadros? Por lo menos dan la sensación de serlo —pregunta Edward.

—Sí, tienes razón, guardan un enigma —responde con voz firme.

—Algo como Hans Holbein, uno de los maestros del renacimiento, en el famoso cuadro «*El emperador*» ¡Es curioso todo lo que encierra este cuadro, maestro! —continúa Edward.

—Holbein era uno de los más grandes maestros del arte, estudios que le llevaron a perfeccionar las técnicas de los maestros italianos del renacimiento, su misión fue más allá de ser el pintor de una corte —añade Rozanne.

—¿En qué sentido? —pregunta Edward.

—¿Cómo me explicaría? En todos los tiempos, la política rige el mundo, en esa época, le envían a un monarca el portarretrato, un lienzo de su futura esposa, esto era una alianza política, los pintores conocían todos los pormenores, estaban enterados de la situación política, religiosas de su época, teniendo en cuenta el campo religioso, siendo este un poder. —Toma un papel y un lápiz de su maletín, empieza a dibujar y trazar unas cuantas líneas sobre el papel, tomando como objetivo el callejón de enfrente con su arquitectura antigua de bloques macizos de cemento y faroles en hierro forjado.

—Mire, por favor, aquí. —Le enseña el dibujo que ha trazado a Edward—. Es el callejón de enfrente, y sentados desde aquí se ve tal cual lo he diseñado, pero si lo observas de otra perspectiva cambia el diseño del farol y se puede recrear otra imagen, eso es ilusión óptica, las grandes academias y escuelas de arte de Florencia y Venecia se especializaron en estas técnicas, solo los mejores artistas de arte trabajaron para la corte y la iglesia de esos tiempos.

—¡Fascinante, maestro! —dice sorprendido Edward.

—En la trilogía, coloqué toda mi experiencia para recrear un lugar maravilloso que jugara con la ilusión óptica, para entender la obra tiene que observar las tres juntas, una te transporta a otra en un viaje —dice Rozanne.

—No deja usted de sorprenderme, maestro. —Se queda sin palabras para continuar preguntando Edward y continúa escuchando atónito.

—Una de las trilogías fue robada, se desconoce a qué manos fue a parar. Por esta razón se duplicó el precio de los cuadros en el mercado, las otras dos obras pertenecen a una colección privada y no se exhiben al público, todo esto creó un enigma en torno a las pinturas —responde Rozanne a la curiosidad de Edward.

—Conozco dos de estas obras maestras, es un lugar hermoso, pero da la impresión de estar en dos partes, es tan real y a su vez no lo es —reafirma Edward lo dicho por el maestro.

—Se lo he dicho, somos un universo que se comunica entre sí, todo es energía ordenada. —Toma uno de sus catálogos y le enseña a Edward una pintura—. Esta pintura en especial fue un caso curioso que me sucedió hace unos años. Camino de *New York* en el avión encontré por casualidad una revista de arquitectura, mi asombro se dio cuando un lugar que mostraba la revista, un arquitecto paisajista recreó un ambiente, se puede decir exacto al cuadro, el arquitecto no conocía mi obra, esta todavía se encontraba en uno de mis estudios de pintura y ni siquiera nos conocíamos. En algún tiempo o momento, la luz, que es conductor de esa energía, nos comunicó, transportándonos a ese lugar, la diferencia estaba en la forma de percepción del lugar, en mi caso yo plasmé mi lenguaje, y el arquitecto su versión futurista, funcional de su estilo en espacios y diseños ambientales. Querido amigo, tengo que marcharme, es un placer poder aclarar sus dudas para el artículo en la revista, sin duda alguna lo leeré —dice Rozanne.

—Maestro, lo admiro, me deja siempre perplejo con la expresión de su arte, muchas gracias, he despejado muchas incógnitas sobre sus obras, quién mejor que usted para explicarlas, buen viaje, maestro Rozanne. —Se levanta de la mesa y le despide efusivamente.

El impacto causado, la profunda admiración, confunde a Edward, aunque antedice el significado de la trilogía *Sublime*. Sigue habiendo lagunas, el cuadro desaparecido es la pieza principal; encontrar dicho cuadro se puede situar en la posibilidad de una entre un millón, tan solo una pequeña pista del paradero de la pieza de arte sería un buen comienzo, todas estas conjeturas le rondan en su cabeza al regresar a casa.

Capítulo IX
La Aurora

El agua la arrastra al otro lado del pantano, empujándola lentamente a la orilla. Su aspecto es terrorífico, la capa superior de su piel la ha perdido en su mayoría, erupciones en brazos y rostro infectados por el lodo del pantano, su pierna izquierda destrozada al golpearse con algunas rocas. Buscando un lugar para ocultarse, alcanza a ver una roca lo suficientemente grande; con dificultad se arrastra como puede para llegar a ella, la roca oculta todo su cuerpo, ella logra girar lentamente el cuerpo para permanecer en posición boca arriba y descansar, sus fuerzas están llegando al límite de su resistencia, el dolor de su cuerpo es una lenta agonía, su respiración es débil, la cubre de un árbol que perdió en totalidad sus hojas a causa del huracán, la forma de dichas ramas alargadas dibujan una gran *V* dejando al tronco macizo solo estas dos ramificaciones, siendo consciente aún, de todo aquello que le rodea. Sitúa su mirada en las ramas sin hojas, a su vez presiona su índice derecho en la tierra húmeda y escribe las palabras «vida, verdad, vencer», murmurando al tiempo que escribe; su atención está fijada en la forma de las ramas, la naturaleza enfurecida golpea una vez más sobre el cuerpo de Suyan, elevándola a lo alto en la colina, el viento huracanado sopla implacable, la energía que envuelve todo su cuerpo, en un instante inexplicable en la lucha por la supervivencia le ayuda a recobrar la nitidez agudizando la visión para distinguir a larga distancia, al igual que un águila. La verdad es la fuerza de la vida, para ella se tiene que vencer el miedo, siendo la razón que impulse a la victoria. La naturaleza sabia le indica el camino a Suyan.

Muestra en algunas especies animales. La muda de piel, siendo un fenómeno biológico para sobrevivir en artrópodos, reptiles aves y mamíferos, es la renovación de los tegumentos.

En una de las colinas del pantano, formados por los islotes donde se encuentra situada la cueva habitada por la mujer de majestuoso ropaje, ese lugar abominante, fascinante, que mezcla el terror con la locura y la ansiedad, un infierno sin cadenas donde ella domina con su brillo destellante de placer al poseerle y luego esclavizar a su voluntad, la única que existe en la oscura cueva, ella que seduce y domina, dejando ciegos a quien la mire con su brillo. Suyan ha rehusado ser su esclava, en su lucha contra ella va perdiendo la fuerza en un terreno desconocido, logrando sobrevivir furtivamente junto a su zozobra.

—Quien quieras que seas, no te temo más, ya no tienes poder en mis pensamientos, no doblegarás mi voluntad, si muero ahora, viviré por siempre en el corazón de otros, inmortalizando en el recuerdo lo vivido como testimonio, la verdad al final vence a la muerte que mata al cuerpo que sufre, mas nunca al espíritu de esa verdad que renace en otras personas —llena de fuerza grita estas palabras, dejándose caer de lo alto de la colina al agua, nadando con dificultad entra a la gruta, deteniéndose para trepar entre las rocas, se agarra con fuerza gritando cada vez más fuerte.

—¿Dónde estás? ¡Quiero ver tu rostro! —Llena de valor, Suyan intenta retarle.

La voz responde en tono irónico:

—¿De verdad quieres verme?

—Sí —le dice, girando su cuerpo en todas las direcciones en busca de su enemiga.

—Estoy aquí —responde la mujer.

—¿Dónde, dónde? ¡No logro verte! —Está sola, solo escucha una voz que responde:

—Mira tu reflejo en el agua —le contesta la voz.

Suyan baja su mira, encontrando su reflejo en el agua; sorprendida, ve su cuerpo transformado en la mujer del pantano, se agacha y toca con su mano derecha el agua que proyecta su imagen con la mano izquierda en su rostro; atónita ante su reflejo, intenta llamarle de nuevo, pero sus labios están pegados entre ellos sin lograr pronunciar palabra alguna, levanta el rostro al frente de la pared rocosa que, poco a poco, la piedra se desmorona formando letras de diez centímetros de grande, terminando la palabra escrita: «El mensaje». La gruta se ilumina totalmente con la luz que proviene de fuera de ella, lanzándose al agua, sumergida, sale de la gruta.

La oscuridad del pantano se transforma en luz. Es la llegada del día tras la nefasta noche oscura. Ya en tierra firme, ve la magia del lugar, el azul marino del mar, el verde de la naturaleza, todo tiene un brillo especial, el aire fresco de la mañana, el calor del día es un hermoso paraíso entre el mar y la tierra, su cuerpo, es como siempre fue, sin erupciones cutáneas, su cabello rubio y lacio, sus piernas sin rasguño alguno.

Escucha una voz suave llamarla:

—Suyan, Suyan, soy la Aurora. —Ante los ojos de ella, la esplendorosa Aurora dimanando sus primeros rayos, nota el calor de su presencia. Suyan cierra sus ojos al sentir, extendido sus brazos en forma de gracias por su llegada, enseña en sus labios esa sonrisa que su dolor le arrebatase.

—Suyan —continúa la Aurora diciendo—, luchaste con tus propios demonios para vencer tus miedos que durante años atormentaran tu vida al enfrentar la verdad, renaciendo en otra piel, la naturaleza de tu instinto te condujo a la victoria. ¡Amada Suyan! El hombre, siendo infinito, muere cada vez que olvida su naturaleza y el orden de su estado, el punto que se elija siempre será el principio o el final. —Dicha estas palabras, se marcha entre la brisa de la mañana.

Abre de nuevo sus ojos, mira sus manos para luego palpar su rostro sin perder la sonrisa al sentir los latidos de su corazón, olvidando el peso de la estaca que fuera clavada en su pecho de aquella agonía, condenándola a su soledad de sufrir en silencio su dolor. La naturaleza es sabia, colocando en su lugar el orden de las cosas para conservar la vida, al igual que se continúa vivo, llegando a hacerse doloroso, no es el hombre superior por ser hombre, es su naturaleza, explicación razonable no existe, un punto en el infinito, una cadena unidas entre sí. El comienzo siempre será el final, o, al contrario, lo cierto es que Suyan encontró el final de su pesadilla, el amanecer llega, despertar y sentir que está viva en otra piel.

Deleitando la vista ante el hermoso panorama, el canto musical de las aves, el choque del agua contra las rocas, el fresco olor de rocío en la mañana, un esplendoroso sol iluminando un cielo azul celeste, caminando en un paraíso natural con pies descalzos para conocer, algunas flores silvestres crecen entre la hierba para dar un contraste único de colores al paisaje, tomando algunas flores la enreda en su cabello color rubio trigo, un ángel en un paraíso terrenal, percibiendo la energía de la naturaleza, el tiempo que transcurre no tiene minutos ni horas, simplemente es la puesta del sol y Suyan, por primera vez, se siente libre a esas ataduras del tiempo creado en el mundo de sus semejantes. Llega al árbol de las tres «V», se detiene a descansar pues ha caminado por todo el lugar un buen rato. Cerrando sus ojos por completo, escucha las voces de sus abuelos, sintiendo su corazón palpitar fuertemente, la llaman.

—¡Despierta, pequeña! La vida continúa. —Se mezcla el ruido de las voces y movimientos de objetos en el ambiente, abriendo sus ojos lentamente, aturdida, distingue el rostro de su abuela. Gira la cabeza al lado contrario, confundida, intenta entender qué le sucede, de nuevo su abuela la llama.

—Suyan, hijita, míranos. ¡Despertó! —Agarra las manos de su nieta y apretándolas fuerte, su alegría se manifiesta en lágrimas, a su vez, su esposo suma su manos a las de ellas, un hermoso momento de amor que germina, la emoción es grande, la mañana de ese claro y luminoso día quedará en la memoria de la familia BerryColoth por siempre; su amada Suyan ha despertado de su profundo sueño, los días de angustia en la penumbra de lo incierto terminaron y, con ello, el dolor de su familia.

Capítulo X
El mensaje

Desconcertado Edward, un tanto abrumado, ya que el tiempo pasa deprisa, siendo sábado, supuestamente día de descanso, él y la gran mayoría trabajan superando las horas obligatorias, en una civilización mentalizada en la importancia de ser productivo, competitivo, conlleva a una recompensa por su trabajo, prestigio por nombrar la más importante, bueno o malo el final será calculado en cifras matemáticas, multiplicado, dividido, restado o simplemente sumado, la vida se convierte en simples operaciones esperando no ser un cero a la izquierda. Ha tomado la responsabilidad de terminar el artículo para el magazín.

Suyan aún permanece en el hospital llegando a ser dispensable para su culminación del reportaje, la reputación en el campo periodístico acreditarían notablemente el trabajo. Edward, sentado frente la montaña de papeles abrumante, el portátil a su lado derecho del escritorio, sin encontrar las ideas para escribir el tan esperado artículo del polémico tema sobre las drogas, unida a la extraña obsesión por las obras de la *Trilogía Sublime* pintados por el maestro Rozanne, preguntándose cuál es el mensaje del cuadro desaparecido y quién pudo estar interesado en dicho cuadro, tanto para cometer un acto brutal, un plan macabro. A diferencia de Suyan, Edward está poco interesado a reconocimientos de cualquier índole, no es para él un reto alguno, al contrario, la curiosidad y ese espíritu propio de quienes ejercen esta profesión.

Luego de pasar toda la mañana trabajando sin encontrar centrar el artículo, toma rumbo al club y entra un mensaje escrito; rápidamente toma el móvil y comprueba que es la señora Berry-Coloht la que ha escrito:

—Edward, te informo que Suyan despertó.

Estacionando el auto, lee el mensaje completo, cierra los ojos apoyando la frente en sus manos que permanecen ante el volente del auto sin marcha; en un momento, las emociones se mezclan de esa alegre melancolía, tan solo pensando que ha abierto sus hermosos ojos a la vida, su gran amiga, es consciente, despertó de nuevo. Se incorpora y llama a la señora BerryColoht.

—Buen día, señora BerryColoht, acabo de recibir su mensaje, me alegra mucho la buena noticia. ¿Cómo se encuentra Suyan?

—Buen día, Edward, gracias por comunicarte con nosotros, se encuentra bien, un tanto aturdida, en este momento están los médicos con ella realizando un chequeo, mañana podrá recibir visitas.

—Mañana en las horas de la tarde paso a verla —confirma la visita al hospital Edward.

—Gracias por estar pendiente de Suyan, no veremos mañana. —Cuelga el teléfono la abuela de Suyan.

Colocando en marcha el auto, continúa rumbo al club. La dicha en su semblante después de escuchar la noticia hace que cambie su estado.

—¡Por fin se te ve! Pensé que estuvieras fuera de la ciudad —saluda Roberto, un viejo amigo del club.

—Hola, Roberto, llegué hace unas semanas de viaje, demasiado trabajo en la redacción.

—¡Para ser un hombre que trabaja mucho no te veo agobiado! Lo contrario, se te ve contentísimo hoy. —Y le da dos palmaditas sobre el hombre derecho.

—¡No, no hombre, qué va! Si cuando termine el artículo tomaré unos días de descanso. —Sonriendo continúa—: Despertó Suyan BerryColoht hace un momento, me escribió su abuela comunicándomelo.

—¡Qué buena notica! Saludos de mi parte. —Se alegra de la noticia Roberto.

—A partir de mañana podrá recibir visitas —dice Edward.

—Sin falta paso por el hospital. —Contagiándose de la alegría de Edward.

Despertando más temprano de lo habitual en un domingo, sale a trotar sin despegar ni un instante sus pensamientos de Suyan. La tragedia de aquel día, por suerte, todo se torna a la normalidad. Edward es la persona que ha estado más cercana a ella todos estos últimos años, compartiendo, trabajando juntos, y una vez más, estará allí junto a ella un amigo incondicional.

En los pasillos del hospital se encuentra a los abuelos de Suyan a quienes saluda afectuosamente para continuar hacia la habitación. La luz del botón se muestra en verde, tocando la puerta, entra al cuarto. Suyan, con los ojos cerrados, escucha el golpe de llamado, abre sus ojos y tiene delante a Edward, que oculta su rostro en un ramo de flores, tomando la palabra ella:

—¡Flores! Qué galante, gracias.

Bajando el ramo de flores que oculta su rostro, se acerca al lado izquierdo de la cama, la mira y maravillado le pregunta:

—¿Cómo te sientes?

—Bien, me siento bien —dice ella en un tono pausado.

—Me alegra mucho saber que estás bien, dentro de poco te darán el alta, a falta de sueños, has dormido bastante. —Le acompaña ese humor que tanto le encanta a ella.

Haciendo una mueca graciosa, le responde:

—Sí, creo que era justo lo que necesitaba, dormir unos cuantos días obligada, gracias por estar allí una vez más. —Y se le encharcan sus ojos de lágrimas.

—De nada. ¡No más tristezas, campeona! Dentro de poco volverá todo a la normalidad.

—¿Qué ha dicho el gruñón? —refiriéndose a Vladimir.

Cruzando sus brazos, Edward le dice:

—Hoy no pienso contarte nada referente al trabajo, todo está bien, ya tendremos tiempo para hablar de ello.

—Sí, tienes razón. Allí en la mesa está el jarrón, colocas las flores, están hermosas. —Extiende su mano para enseñarle el jarrón.

Una Suyan tranquila y menos ansiosa percibe Edward, hablando de todo un poco, el clima, de viajes, los vecinos, amigos, todo menos trabajo.

Durante la trayectoria del hospital a su apartamento, le da vueltas en su cabeza al asunto de los cuadros de la *Trilogía Sublime*, no era el momento de hablar sobre el tema con Suyan, en cierta forma, descubrió algo al respecto de lo cual era importante; una vez más tenía que encontrar al artista, su instinto le dice que era el momento justo, un viaje a Londres al domicilio del pintor, un viaje relámpago al estudio de Rozzane a tomarle por sorpresa.

Agenda de la semana; prenotar vuelo a Londres, escribe solo tres días como máximo, total, la reserva la realizaría desde su dispositivo móvil con un pasa bordo electrónico, esto le evita pasar a la redacción del magazín el lunes, escribir un e-mal a Vladimir para informarle de las novedades.

Por lo visto, culminaría el domingo preparando un viaje inesperado, la reserva, el e-mail, lo más importante, la última entrevista al pintor para leerla, ya es costumbre que salga por la tangente, enredando la conversación con reflexiones metafóricas elocuentes en el gremio intelectual, el poco dominio que Edward maneja en materia de arte le es una desventaja para conseguir la información.

Un día un tanto nublado, amenaza tempestad. Camino al aeropuerto con sus pertenencias de viaje, si todo sale como lo programado, estará a las horas de almuerzo en Londres para contactar al maestro Rozanne. La subasta culminó con mucho éxito, comentan en los diarios, una vez más, el maestro Rozanne ocupa la cabecera, el arte siempre se ha cotizado bien; para el pintor consagrado son buenos tiempos, digan lo que digan, se apuesta por invertir en arte. Edward sigue cuidadosamente todas las noticias que involucran a Rozanne, siendo importante para alimentar el ego del artista, un periodista que se dedica a elogiar los méritos será siempre bienvenido, una puerta abierta al mundo íntimo, así la barrera de la confianza está franqueada.

Heathrow, Londres, doce menos quince, la temperatura no es favorable en el Reino Unido. Nublado y lluvioso. Toma los trenes de la línea *Piccadilly,* llegará en menos de una hora al centro de la ciudad, disfrutando del recorrido se hospeda en el corazón en la zona de fusiones culturales más destacada de Londres, denotando el arte, el diseño, la gastronomía, la moda. Sin tiempo que perder, toma rumbo al estudio del maestro Rozanne que habita a unas cuadras del hotel.

Toca el timbre del estudio. En unos segundos abre la puerta Rozanne.

—He estado esperándole, Edward, pase, bienvenido, tome asiento.

Un poco sorprendido, Edward se acomoda en la butaca del salón.

—¡Felicidades, maestro Rozanne! Los diarios hablan maravillas de sus últimos trabajos, me urge hablarle. Suyan despertó del coma, es una buena noticia. Maestro, es importante que usted me aclare un punto que no entiendo de toda esta historia de la trilogía.

—Lo entiendo, me alegra que su amiga despertara, le escucho.

Edward, un poco inquieto, no esperaba ese recibimiento por parte del artista, como es habitual en él, dueño de sus emociones con esa elocuencia, le pregunta si desea tomar alguna bebida, entretanto camina en dirección al pequeño refrigerador. Edward intenta abordar el tema, no encuentra cómo plantear el argumento, luego de un largo silencio, le pregunta:

—¿Por qué pintó la trilogía? —Y le mira fijamente a los ojos.

—Sabía que tarde o temprano me preguntaría sobre esto, querido amigo Edward. Las he pintado por encargo preciso del padre de Suyan. —Le enseña los bocetos—. Y podrá usted entender el significado, pero antes le contaré toda la historia, puede que no llegue a entender todo, intentaré simplificarlo. —Sentado en la butaca, cruza las piernas y continúa hablando sin pausa alguna:

—En el primer encuentro en mi estudio hablamos sobre la *Trilogía Sublime,* explicándole el concepto de los cuadros, los universos que se comunican entre sí, ya que todo es energía ordenada, tiempo, espacio, son leyes de la física.

—¡Sí, claro! Entiendo, pero como centra todo esto en la *Trilogía Sublime* —le dice, siendo agresivo al preguntar para evadir cualquier juego de palabras.

—Los seres vivos —continúa Rozanne— tenemos infinidades de formas de comunicación.

—Otra vez usted me confunde con su metáfora, maestro —le dice, perdiendo la paciencia.

—Escuche, por favor, y no me interrumpa —responde, tornando su voz firme—. El cuadro que ha estado robado en casa de la familia BerryColoht es el supremo de la *Trilogía Sublime,* el cual contiene el mensaje. La ciencia y la teología se debaten en encontrar el comienzo del universo, que no lleva a ningún punto concreto, la ciencia intenta demostrar en su teoría de tiempo-espacio, que los universos se expanden. Nuestra curiosidad por explorar eso desconocido es porque nuestros miedos nos encadenan a una forma de liberación que es conocerlos, la curiosidad es algo natural en el ser, dominar es instintivo, por lo cual todo lo creado por nosotros mismos, no es más que un intento por dominar el universo interno, y llegar más lejos de las capacidades conjuntas a la fuerza, ambos universos son infinitos.

Interrumpiendo Edward, confuso, pregunta:

—¿Cuántos al fin son? Yo, el universo.

—Sí, usted, yo, nosotros, y todo lo existente se multiplica en el infinito.

—¿El Supremo? Dígame usted —de nuevo le interrumpe Edward.

—Es la eternidad en el infinito, se puede cuestionar con tan solo teorías filosóficas.

—¿Me está queriendo decir maestro, que usted pintó la *Trilogía Sublime* para dejar un mensaje?

—Pinto paisaje de la percepción de eso que me influye, no he creado nada, eso ya existe, solo canalizo el mensaje. —Se levanta de su sillón en busca de los bocetos, con ellos en mano continúa la explicación—: El padre de Suyan era un experto en arte, nos conocimos en la escuela de Bellas Artes, para entones yo era solo estudiante, tenía unas obras en un proyecto expuestas, y se maravilló con mi expresión artística, me apoyó en el proyecto y, de esta forma, empezamos nuestra amistad. Un buen día me llamó para pedirme un encargo, esos cuadros tenían que tener ciertas características; relacionarse entre ellos. —Y toma los bocetos para entregarlos a Edward.

—¡La *Trilogía Sublime*! —Toma en sus manos para observar con detallada atención dichos bocetos.

—El padre de Suyan es el único culpable, no midió las consecuencias, su ambición le cegó por completo. Le confieso, yo no sabía nada del plan, nunca se me informó del propósito de dichos cuadros que comprometen a muchas personas.

—¿A quiénes comprometen? —pregunta, intrigando más la curiosidad de Edward.

—No puedo responderle, lo ignoro.

La culpa se rebela en su rostro al recordar ese nefasto suceso de su vida, una condena sin juicio alguno, el éxito se turbia en una marca indeleble con nombre propio.

—Le contaré sobre el cuadro robado, le ruego no me interrumpa, me pregunta luego de que termine de contar, pero nunca hablaré sobre el tema de la *Trilogía Sublime.*

Edward le escucha guardando silencio riguroso. Logra su objetivo principal, meses largos en busca de la verdad, por fin frente a ella, el maestro en acto de confesión, pero antes necesita armarse de valor y, para ello, se sirve un coñac, el cual pasa de un solo trago.

—La gruta azul —continúa hablando—. Aparece un gran monumento que está sobrepuesto de forma surreal en el cuadro, pero el mensaje se encuentra en unos detalles que presentan los tres cuadros, un solo punto de comunicación; el monumento es el primer puente principal de comunicación, los cuadros se subastarían en Australia, además, debía pintar un lote de corbatas de seda en el mismo diseño, únicas elaboradas a mano, tenía entendido que se subastarían en Australia. Dicho monumento, el lugar de encuentro de los portadores de las corbatas pintadas exacto al cuadro. Observe los cuadros con atención y encontrará dichos puntos, esos detalles especiales, eso cuadros los pinté en Italia, en otro lugar de punto de encuentro. Lo demás, tendrá usted que investigarlo por su cuenta, la verdad, no sé qué propósito tienen estos lugares, seguro, y sin especular, es probable que las respuestas estén en Australia, y solo puedo pensar una cosa: la idea de todo este plan, sin duda, fue el padre de su amiga, mucho dinero está detrás de estos mensajes. Es notorio que al robar el cuadro se llevaran la prueba, callando al único testigo del plan: Paul Berry-Coloht. No sé más, se lo puedo jurar.

Edward, turbado, solo piensa en el plan.

—¿Cuántas corbatas pintó?

—En su totalidad, treinta y cinco corbatas —responde Rozanne.

—Eso quiere decir treinta y cinco personas implicadas —dice Edward aterrado.

—Si, esta es toda la historia. —Sin pronunciar una palabra más, agotado por la confesión.

—Muchas gracias, maestro Rozanne, no ha sido fácil contarme toda la verdad detrás de los cuadros. Me marcho, maestro, no se preocupe, su confesión está a salvo.

Edward sale del estudio del maestro Rozanne pensando todo el tiempo en el macabro plan que involucra a treinta y cinco personas, el cuadro y todos los emblemas que encierran dicho mensaje, murmurando en voz alta:

—Cómo se sirve el ser humano de su semejante. El pintor de arte que expresa su ideología, a su vez esconde fines oscuros. —El asombro acompaña a Edward por las calles de Londres, la historia contada por su protagonista, el enigma del mensaje.

Capítulo XI
El misterio

Luego de esas oscuras noches de pesadillas, hoy es un día diferente. Es el comienzo del despertar los hechos que marcaron su historia, al cual no lograba escapar, reflejando la verdad oculta, extrañas coincidencias de la casualidad la colocaron enfrente del misterio que encerró la muerte de sus padres, revelando circunstancia silenciadas.

La puerta se abre de su habitación. Es el médico. Le saluda, extendiendo cordialmente su mano.

—Soy el doctor Samuel Lasso. ¿Cómo te sientes hoy?

—Bien, gracias, doctor, ¿Para cuándo me darán de alta?

—Te puedes ir en la tarde si lo deseas, en el informe indica que tu recuperación es favorable, si sientes malestares o dolores, no dudes en llamar a tu médico de familia —diciendo estas palabras, se despide el doctor Lasso.

Suyan, emocionada, les comunica la notica del alta a sus abuelos, manifestándole el deseo de pasar unos días junto a ellos. Enternecidos de tener de nuevo a su nieta en casa después de tanto tiempo, aún conservaban su dormitorio en la villa de la familia BerryColoht tal cual como lo dejase en sus tiempos de estudiante: el clóset y unas cuantas mudas de ropa anti-época, un enorme espejo, un tapiz que forra las paredes del cuarto en color lila claro con diversos diseños florales en colores pasteles y una cama sencilla en cedro color marfil. El tiempo pasó, quedando tan solo recuerdos vagos de su infancia y adolescencia, conservándose en las paredes de dicha habitación el pasado atrapado en el presente. Ella, una vez más, allí donde conserva los regalos más queridos de su infancia, antaño en esas cuatro paredes.

A la llegada a la villa, luego de pasar las gigantescas rejas de acero en color negro, se baja del auto Suyan; en la mano, su pequeño equipaje. Enfrente de ella, el frondoso árbol donde colgaba el columpio. Se detiene un momento frente al tronco, dibujando en sus labios una suave sonrisa de serenidad. Su abuelo se acerca a ella y extiende su brazo izquierdo en torno de los hombros de su nieta, quien apoya su cabeza en él; ambos detienen su mirada en el árbol frondoso, es el mensaje de la vida, son los pulmones de la tierra, ese mismo que sembró Ester de la Vega en su niñez dejando su amor y fuerza allí. La señora BerryColoht, ante este hermoso momento, decide sacar de la bolsa su móvil, y sin preguntar, toma una foto de las dos personas que llenan su vida de amor.

Interrumpe el abuelo:

—Prepararé la cena.

—Te ayudo a prepararla, abuelo.

—Primero, vamos a cambiar las sábanas de tu cuarto, Suyan —dice la abuela.

—Bueno, abuela, subamos al cuarto. —Con el equipaje en mano, suben la escalera que comunican a los dormitorios—. Llamaré a Edward para comunicarle la noticia del alta.

—Invítale a cenar mañana —dice la abuela, mientras suben las escaleras.

—Escríbele un mensaje, todavía no estoy segura de que regresara de Londres, él tiene mis llaves, es probable que, si está ya en Zúrich, acepte la invitación a cenar mañana —le responde Suyan.

—Le escribiré cuando terminemos de arreglar el cuarto —dice de nuevo la abuela con el juego de sábanas en mano que coloca encima de la cama.

La cena está lista, esta vez en compañía de su adorable nieta, la familia BerryColoth reunidos de nuevo juntos, recordando viejas anécdotas, se escuchan las carcajadas, se podría decir que la felicidad está en esos pequeños momentos compartidos junto a las personas especiales de nuestra vida, perpetuando el recuerdo vivido.

Poco después de terminarse la cena, la señora BerryColoht le envía un mensaje de texto a Edward para comunicarle buenas noticias y extenderle la invitación a la cena. Sin hacerse esperar, le confirma.

—Suyan, mañana viene Edward a cenar, se encuentra ya en Zúrich, ¿Me acompañas mañana temprano al supermercado?

—¡Encantada! Me despiertas, por favor, no creo que el antiguo despertador funcione con las pilas. —El cuarto permanece intacto con las pertenencias que Suyan dejara antes de mudarse a vivir a Zúrich.

—Te despertaré, hijita, a las siete de la mañana, estaremos a primera hora de apertura del supermercado para escoger lo más fresco.

Suyan se siente protegida al lado de sus abuelos. En su rostro, muestra el rubor propio de esos años de juventud, no era más que la niña indefensa, pero, sin embargo, necesitaba las muestras de cariño de sus seres queridos, es una necesidad básica como lo es comer, dormir… el amor es el motor de la vida.

Poco a poco el ocaso desciende, y la mágica luna envuelve con su luz en silencio los extraños sueños de Suyan, ese misterio que atrapado está en los cuadros en la villa BerryColoth, esta es una noche tranquila donde logra descansar cómodamente en su alcoba junto a sus recuerdos de infancia, al lado de sus abuelos.

El día transcurre sin ninguna novedad, sin sentirse exhausta, ni con aquellos ataques de ansiedad; hablando del tema referente a su salud, le sugieren los abuelos el hecho de tomar en cuenta una terapia, la importancia de lo ocurrido, la fortuna de estar con vida sin daños trascendentales. Ella escucha sin pronunciar ni una sola palabra, sí para justificarse o dar la razón, solo sus gestos demuestran la seriedad de lo ocurrido.

El timbre interrumpe el discurso, dirigiéndose la señora BerryColoth a la puerta principal a atender el llamado. Se escucha la fuerte voz del saludo de Edward que, en compañía de su anfitriona, se acercan al salón enorme de visitas, donde se encuentra un juego en bronce de candelabros, los cuales cuentan de tres piezas talladas, están sostenidas por dos ángeles, la del medio es un reloj que marca las cinco menos cuarto.

Saludando a todos los presentes, toma asiento, los muebles del salón son de estilo Biedermeier, fabricados en cerezos silvestres de colores clarísimos, en la mesa de centro, el té, el cual se dispone a servir en una taza de porcelana grabada con bordes dorados.

—¡Muchas gracias, señora BerryColoth! —Agarra Edward en mano la taza de té.

—¡Por favor! A ti, gracias por venir hoy a cenar en compañía de nosotros —dice la abuela con mucha ternura.

—Querido Edward, prepararemos la cena. —Mirando a su esposa le hace señas para que le acompañe. Quedando solos, toma la palabra y le pregunta:

—¿Cómo te sientes? Tienes mejor semblante —dice él.

—¡Gracias, bien! Cuéntame ¿cómo ha estado tu viaje a Londres? —Curiosa, pregunta a Edward, esperando la notica del encuentro con el artista.

—Como todos los viajes de trabajo, hablé con el maestro Rozanne, tenías razón, es más, esos cuadros esconden un secreto, me contó toda la historia de los cuadros y la relación de ellos y tu padre. ¿Tú sospechabas algo?

Suyan le mira fijamente y afirma:

—Esos sueños extraños, las pesadillas, los místicos paisajes, no es coincidencia.

—Según el maestro, los cuadros se comunican entre sí, son puntos de encuentro. —Se alza de su butaca, camina unos dos pasos adelante, colocándose de espalda, se sujeta justo en el mueble que sostiene los candelabros de cobre.

—Sí, escuché a mi padre hablar del tema en una ocasión por teléfono en su despacho, no lo recuerdo con claridad, pero decía algo sobre un lugar en Italia llamado la gruta azul, un supuesto encuentro de todos en Australia, decía algo como: «nos encontraremos en la gruta Azurra», nombrando la famosa Casa de la Ópera en Sídney, era una consigna.

Le interrumpe Edward:

—Tu padre era el intermediario del plan, se encargó de organizar todo para evitar cualquier tipo de sospechas. Sabía demasiado, por ello fue silenciado, podríamos averiguar las fechas de ese año, todos los eventos importantes en Sídney, de seguro, encontraremos una pista.

—El cuadro robado, en una ocasión lo he visto en casa, es muy vago el recuerdo, pero muestra a la Casa de la Ópera y un pequeño detalle que me impactó mucho que poseen los otros cuadros, al igual que la corbata de mi padre.

—Esto es algo gordo, Suyan, ¿no has pensado que fuera un negocio ilícito de armas o drogas?

—Claro que lo he pensado, precisamente ese día que he estado aquí viendo los otros dos cuadros. —Sus ojos se colman de una profunda tristeza. Se acerca Edward y la abraza suavemente.

—Me decidí a tomar esa terapia de desensibilización y procesamiento de la información; dura cinco días, luego que regrese a mi rutina diaria, no te preocupes.

—Me alegra que tomes esa decisión, después de todo, será cerrar con el pasado definitivamente, Suyan.

Se escucha el llamado a cenar.

—Pasen a la mesa, por favor. —Es el abuelo con el cucharón en las manos.

—Gracias, abuelo, enseguida pasamos —le responde—, no es por nada, pero cocina bien, compramos todo fresco hoy temprano, seguro que te encantará.

Alrededor de la mesa, cada quién toma su puesto.

—Les va a gustar, son chuletas de cordero con legumbres frescas, la ensalada es tomaticos *cherry* con queso, olivas y lechuguitas tiernas, el postre está preparado por mi adorable nieta, una tortica de ciruelas en crema de chantillí. Buen apetito a todos —dichas estas palabras, se empieza la cena hablando un poco de cosas triviales, pero ante todo, dando las gracias a Edward por su ayuda. Luego de cenar, salen al jardín de la villa, Suyan y Edward a conversar.

—Estas son las llaves del apartamento, cuando estés de vuelta en la oficina te entregaré todos los reportes que realicé —habla Edward del reportaje.

—Gracias nuevamente por tu gran colaboración —dice estas palabras, mientras toma las llaves para guardarlas en el bolsillo de su pantalón—. Son cómodas esas sillas, sentémonos en estas blancas. —Retoma de nuevo el tema de los lienzos—. Los cuadros fueron hechos por encargo de mi padre, obviamente con un objetivo claro: enviar un mensaje sutil a los miembros involucrados, no cabe ninguna duda que está relacionado con un hecho ilegal, tanto misterio en torno a dichos cuadros me despertaron las sospechas el día que vi los cuadros de nuevo, luego de tantos años. En ese momento, todos los recuerdos saltaron de improviso en mi cabeza, hundiéndome en un dolor profundo, conocer la causa de la tragedia de la muerte de mis padres fue un golpe duro, saber que la verdad se ocultó en la mentira del robo de uno de los cuadros.

—¡Lo supuse, me preocupé mucho! Pensar que al final la verdad sale al descubierto, el único problema es que ese crimen ya transcribió por ley, no contamos que el maestro Rozanne también fue utilizado para elaborar el plan —argumenta Edward.

—Lo sé, la vida está llena de injusticias —se lamenta ella.

—¡Ah! ¿Justicia, amiga mía? A conveniencia propia en nuestros tiempos —exclama indignado.

—¡Edward, Edward! Tengo que admitir tristemente que la vida te da aquello sembrado, y puede que tengas razón cuando hablas de justicia, pero la verdadera justicia está en la propia conciencia para convertirte en tu juez o verdugo —dice Suyan.

—Sabes de antemano que te apoyo, realizaremos todo el artículo de la revista, a pesar de tu opinión, intentaré indagar, permíteme tomar unas fotos a los dos cuadros. —De una forma convincente seduce a Suyan de dejarle llegar al fondo del misterio.

Cediendo a la petición de tomar las fotos, ella le conduce al salón de la villa donde están los cuadros colgados. Parados frente a la trilogía junto al fascino del universo como le llama su creador, una obra única por captar en la expresión artística de los hombres, su exterior y llegando más lejos, al interior desconocido infinito del universo propio, plasmando el paisaje surreal junto a lo sublime. Edward toma su celular empezando a tomar las fotos de diferentes ángulos de los cuadros para poder ampliarlas; luego, al terminar de tomarlas, sus ojos se fijan en los cuadros intentando descifrar el misterio oculto en ellos.

Frunciendo el ceño se dirige a Suyan, diciéndole:

—Es curioso este detalle, en los dos cuadros aparece la luna llena en la misma posición, al lado derecho. Me da la impresión que fue hecho adrede. —Ella, tratando de encontrar una explicación razonable al cuestionamiento de Edward, escudriñando dentro de sí, qué podría significar el mensaje, su mirada intenta traspasar el lienzo, luego exclama:

—¡Claro, ahora tiene sentido, Edward, es la fecha del encuentro! —dice Suyan.

Y concluye Edward:

—Tres lugares diferentes, pero coinciden en la misma hora, mas no en el mismo mes. Europa y Australia se marcan diferencias de horarios, ¡increíble!, ha colocado el mes y la hora del encuentro en cada lugar, por medio de enviarles las corbatas a todos los miembros, el cual les informaría para reconocerse entre sí, usando las corbatas sin despertar sospechas, observando las fases de la luna y el cambio en la vegetación, con ello sabrían la fecha exacta que se realizaría el encuentro.

Edward le satisface saber que por fin pudo encontrar su objetivo, la causa del crimen y el hurto del cuadro, además de todos los implicados de la red, demostrando su razón en la sospecha que al principio no tenía fundamento alguno en relación al crimen y los cuadros de la *Trilogía Sublime* ante Suyan; en respuesta, ella le sugiere abandonar el salón, no se siente del todo recuperada. Salen del salón y al lado de la escalera se despide de Edward para dirigirse a su dormitorio. Los abuelos de Suyan, al igual se despiden, acompañándole al portón de la villa deseando un buen viaje de regreso a Zúrich.

Mientras conduce el auto, en su cabeza intenta cuadrar cada conjetura, el motivo de las reuniones secretas, la clase de negocios que se ejecutaron en los puntos de encuentro, tejiendo un puente de comunicación imposible de detectar, más de veinte años han pasado, pero a punto de descubrir uno de los casos de la historia criminal, donde las mentes brillantes elaboran un plan macabro demostrando que la ambición del hombre no tiene límites.

Capítulo XII
La luz a través de la ventana

El día empieza. Suyan, de nuevo en su apartamento, luego de pasar largo tiempo hospitalizada, retorna a su rutina, intentándolo de nuevo, mas el vacío queda, aun siendo consciente de la verdad que durante años cargó a cuestas, la cual no eligió vivir, la alegría está en superar impedimentos y aprender a olvidar, diciéndose así misma para consolarse.

Al calzar sus zapatos para tomar el rumbo a la oficina, cierra la puerta. El sonido del juego de llaves alerta a *Mimosa,* que muy ágil trepa la escalera del condominio al encuentro de Suyan, en sus gestos espera una caricia.

—Me extrañaste —dice Suyan a la gata, mientras con el mismo afecto le responde el animal, no tarda en llegar la conserje y la señora Walden a saludarle al escuchar los ruidos.

—Buenos días, Suyan. ¡Qué alegría de verla de nuevo! ¿Cómo te sientes? —pregunta la conserje.

A lo que le responde ella:

—¡Buen día!, ¡bien, gracias! Sara, te entrego la llave del apartamento, ahora que nos encontramos, no sea que la olvide.

Interrumpe con euforia al verla de nuevo la señora Walden:

—¡A Dios gracias te tenemos de vuelta, *Mimosa* te extrañó!

Suyan, con la gata en sus brazos, se la entrega a su vecina.

—Gracias, señora Walden, aquí me tienen de nuevo. Sí, *Mimosa* se percató de mi llegada, les deseo un estupendo día, muchas gracias por estar pendientes, no me puedo quejar de nada, recuperada estoy ya. —Y baja las escaleras de los primeros pisos.

Responde Sara:

—Suyan, me llamas si me necesitas.

Despidiéndose, le dice:

—Sí, claro. ¡Gracias, Sara!

Alejándose unas cuantas cuadras para llegar a su destino, se siente más liviana. Los días en el hospital le ayudaron en equilibrar su dieta, dejando el café; en la cafetería cercana al magazín, desayuna. Desde luego, en la nevera no tenía nada en casa, se toma las cosas con calma, intentando no caer de nuevo en el estrés. Alcanza a ver tras la ventana del negocio al Vladimir, e intenta hacerle señas para llamar su atención. Él las distingue, entre el enorme ventanal, y responde a su llamado entrando a la cafetería.

—¡Suyan, qué sorpresa tan agradable! Te tenemos de vuelta, más recuperada.

—Sí, estoy llena de nuevo de energía, lista para retomar el trabajo. Edward me ha entregado los informes, estoy al día, te puedo garantizar que tengo el reportaje terminado con la materia para revisión. —Mira fijamente a Vladimir con seguridad, esa firmeza propia de ella.

No parece sorprendido, ya que su reacción se podría decir que lo esperaba de ella.

—Perfecto, lo revisaremos para su publicación, no sé si Edward te comentó que preparamos un artículo, en caso de que no se pudiera terminar el tuyo, así que se archiva y no se diga más, se publicará el trabajo, la portada y su edición. ¡Gracias, Suyan!

De entrada al magazín, en dirección a la sala de juntas, suena el teléfono de Suyan, y se queda atrás. Contesta:

—Hola, señora BerryColoth la llamo del centro médico, es para confirmar la cita para su terapia, nos llegó su expediente enviado por el Dr. Samuel Lasso. ¿Sería posible la próxima semana el miércoles a las dos y media de la tarde? La doctora tiene muchos pacientes en estos meses, pero tratándose de su estado, hemos logrado reservar lo más rápido posible una cita.

—Comprendo, muchas gracias, por favor, reserve la cita para el miércoles próximo.

Al colgar el teléfono entran todos a la sala de juntas, acomodándose en los asientos. Coloca todo el material sobre la mesa y comienza a hablar Suyan:

— Buenos días a todos, les presento el trabajo. Es un reportaje en el cual hemos trabajado para realizar el artículo del mes de abril y el tema formulado son las drogas, un debate en el momento de actualidad. La pregunta plantea: ¿Se deben legalizar las drogas? Esto nos llevó a un estudio del problema en diferentes campos sociales, culturales y políticos; para llevar a cabo el estudio, fue necesario entrar en la raíz y origen del problema, un paso a través de la historia de las drogas y su impacto en el cual se desarrolla la confrontación, para dar los argumentos, la cual gesticula la problemática de las drogas.

La pantalla se enciende mostrando todo el esquema del trabajo realizado. Continúa en su explicación:

—Como se puede observar en las gráficas, encontramos diferentes sustancias y sus efectos en el organismo, el punto está en otra pregunta: ¿Qué tanto conocemos de las drogas? La verdad, en mi experiencia personal, mi conocimiento era limitado, a la gran mayoría les sucede igual, es ilegal prohibir a la razón conocer la causa. Convirtiéndolo en un tema tabú. —Toma el mando y continúa enseñando los gráficos y estadísticas ligadas a casos de mortalidad con sustancias consumidas o ingeridas.

Uno de los miembros de la sala levanta su mano y afirma:

—En cuanto a las adiciones, sabemos hoy día que las drogas no causan mortalidad.

—Sí, es cierto, el alcohol está en los primeros lugares en las encuestas, por el alto índice de mortalidad, siendo esta una sustancia legal. La gente sabe el efecto del alcohol en el organismo, pero desconocen todo sobre las drogas, el punto está en su clasificación, no se puede generalizar, tengamos en cuenta el uso de sustancias legales e ilegales, unas tienen control médico para prevención de su abuso, en el caso de las ilegales no se tiene control y, en general, son sustancias alteradas, colocando en riesgo la salud de su consumidor por su procedencia del mundo del tráfico de sustancias, el cual va en aumento, dejando el problema al descubierto, ¿se debe o no se debe legalizar las drogas? Si es así, ¿qué metodología se debería utilizar? —Suyan continúa situada en el objetivo: demostrar la realidad del problema. Meses entregada a su trabajo, un tema complicado en su esquema para dar los primeros pasos a un estudio del problema. Su voz demuestra seguridad al hablar, intentando por todos los medios impactar, su firmeza al dominar todo el argumento del trabajo, su tenacidad es precisa, aquello que le ha dado el prestigio en su carrera.

—Suyan, supongamos que la legalicen, ¿no representaría el caos? —pregunta uno de los miembros del magazín.

—Buena pregunta, según las estadísticas, un 50 % de los americanos ha usado diferentes tipos de sustancias en su vida, teniendo en cuenta las leyes severas que existen, sin lograr impedir su consumo, debido al negocio que este genera al ser clandestino. Un solo kilo de marihuana o amapola lo compran por 60 dólares y se vende por 5000 dólares, dependiendo su lugar de cultivo, solo demuestra que contra más prohibición, más atractivo es para las partes: consumidor y distribuidor.

Interrumpe Vladimir que se muestra aséptico al formular la pregunta:

—¿Cuál es el camino más viable?

—La respuesta es sencilla, Vladimir. En la investigación que realicé, me encontré con la solución, pero descubrí que la metodología no funcionó; las veces que se intentó colocar en marcha el programa, fracasó. La razón fue la falta de claridad, no se puede romper un tabú creando estigmatismo. Para terminar, concluyo este trabajo con este punto que todos pueden leer y se encuentra explicado en el desarrollo cultural. —Da por terminada la reunión, Suyan.

Aplauden y se termina la reunión y el visto bueno de la publicación, el cual lleva por título:

«*Las drogas, un morbo derrotado*».

Liberada por fin de la presión laboral y con un semblante radiante en el rostro, mientras organiza todos los papeles, Vladimir y Edward se acercan a felicitarla.

—¡Luces encantadora! —dice, sin faltar la galantería de Edward—. ¡Increíble, me ha encantado, felicidades!

—Gracias, pero sin tu ayuda no sé qué hubiera hecho yo. —Y dirigiéndose de nuevo a Vladimir—: Gracias a ti también por creer en mi trabajo.

Una sonrisa ligera, a su vez coloca su mano derecha sobre el hombro de Suyan, Vladimir le responde:

—La verdad, siempre he pensado que eres una de las mejores periodistas. En todos los años que trabajas en el magazín, nunca has dejado de sorprenderme. ¡Felicidades por tu estupendo trabajo!

Toma todo el material y abandona la sala de juntas, restando solo Suyan y Edward.

Ella se sienta, colocando la cabeza en sus brazos reposados sobre la mesa y culmina diciendo:

—Por fin terminamos el reportaje para el mes de abril. Cuatro meses de duro trabajo, te confieso que estoy asombrada por todo lo sucedido.

Edward, sin pronunciar una sola palabra, la escucha, mientras ella contina hablando de esos cuatro meses y todo lo acontecido en el transcurso, pero la noticia más importante es su terapia en la próxima semana. Después de escucharla sin interrumpirla, la invita a almorzar en el restaurante chino, a unas cuantas cuadras del magazín. Ella acepta la invitación.

Salen del recinto, camino al restaurante sin pronunciar una sola palabra, hasta que llegan, se acomodan en una mesa pequeña al lado de la ventana.

Sentados en la mesa, coloca el tema ella:

—La última vez que hablamos del asunto de los cuadros en casa de mis abuelos, tomé la decisión de venderlos; luego de conocer toda la verdad con respecto a la historia del asesinato de mis padres, los expondré en la próxima subasta en Londres.

—Me parece una fantástica idea, luego de la sorprendente confesión del maestro Rozanne, pero me intriga el tema, detalladamente observé los cuadros, son sorprendentes los detalles de cada lienzo, iguales, pero ambientados en diferentes lugares. La corbata de tu padre, ¿aún la conservas?

Sorprendida por la pregunta, le responde:

—En casa de mis abuelos, en el sótano, es seguro que estén entre las pertenencias que se guardaron, le pediré a mi abuela que la busque y luego te la entregue.

Chocan las palmas de las manos entre sí y continúa diciéndole Edward:

—Es el detalle más importante, es muy probable que olvidaran la corbata el día del hurto del cuadro, siendo esta la única prueba que involucraría a todos los miembros.

—Sí, es verdad, pero el maestro Rozanne nunca hablará del motivo real de los cuadros, eso colocaría su carrera en peligro —dice Suyan.

Edward, un tanto disgustado, responde:

—Es injusto, comprendo que fuera utilizado, pero… ¡Callar! —Enfatiza su voz al final cruzando los brazos, se tira al respaldar de su silla.

—Edward, por favor, nosotros no estamos seguros ni tenemos pruebas de nada, son tan solo especulaciones, tenemos el móvil y motivo, pero sin prueba alguna, mucho menos, él.

—¿No te gustaría ver a los culpables entre rejas? —pregunta Edward.

Ella responde, lamentándose:

—Sí, pero la ley es coja y lenta, mi padre es culpable a diferencia de mi madre, me duele cada vez que pienso en ello.

—Olvídalo, los justos pagan por pecadores, te pido disculpas, hablemos de otro tema —dice Edward con sarcasmo.

Suyan mira el reloj y le insinúa que deben regresar a la oficina. Entendiendo el gesto, llama al camarero para pedir la cuenta. Luego de un largo silencio en los cuales ninguno de los dos menciona palabra alguna, caminando al compás del otro, llegan por fin a la redacción para dirigirse a sus puestos de trabajo.

Sentada en su silla frente a su computadora, sin lograrse concentrar, piensa en todo lo dicho por Edward en el restaurante, aun siendo consciente, ¿qué podría hacer? No están en sus manos, la razón se lo repite una y otra vez; en ocasiones, la verdad resulta ser más cruel que el engaño. Intenta distraer su mente navegando en la red y al instante entra un email. Lo abre, es el centro médico para informarle que un paciente canceló la cita y en su lugar la pueden atender. Responde al mensaje y acepta el cambio para mañana por la mañana, noticia que la alegra y logra cambiar su estado de ánimo.

Al salir a casa, se dirige a Valentina para informarle que mañana tendrá la cita médica, y estará ausente todo el día, y se despide de los presentes en la recepción; ha sido un día de trabajo provechoso y descargada del trabajo, siendo su meta cumplida al llevar a término final el reportaje para la revista, su salud es su máxima preocupación, liberarse del estrés y descansar.

Con la actitud positiva más realista ante los hechos, se encuentra de nuevo sola en su apartamento, donde solo le acompaña el sonido de la vieja calefacción. Toma el control de mano para encender la televisión, de esta forma embota el tiempo, buscando entre canal y canal un programa de su gusto, y luego de pasar unos cuantos canales, encuentra uno. Su tema habla de salud, después de todo, es preciso eso que quiere ver, se recuesta con la intención de estar cómoda y disfrutar del tiempo; los días de incapacidad en casa de sus abuelos la ayudaron a entender que la salud es lo primordial. Pasados los cuarenta minutos, el sueño le vence, apaga la televisión, coloca el mando sobre la mesa, apaga la luz del salón y se dirige a su cuarto a descansar. Le preocupa que regresen las pesadillas, pero es segura de una sola cosa, de la voluntad de fuerza que posee ante la adversidad, adormeciéndose una vez más.

Los días transcurren deprisa, es la impresión de Suyan, luego de pasar la larga temporada en el hospital en coma. Se encuentra en los pasillos del centro médico, adornados con plantas, proporcionando al lugar un hermoso contraste de colores, entretanto ojea un prospecto del centro médico que tomó del mostrador de información, escucha el llamado de la asistente del consultorio y ella amablemente le saluda:

—¡Buenos días! ¿Sería usted tan amable de darme sus datos? Por favor, rellene el formulario. —Levanta la vista de frente a la asistente, una joven de no más de veintitrés años, que lleva un vestido en color hueso bordado, uno de los vestidos predilectos de su madre. Asombrada, le pregunta a la joven dónde compró el vestido.

—En la tienda de segunda mano —dice la joven asistente del consultorio, indicándole el lugar exacto, en la plazuela del centro de la ciudad. Dándole las gracias, rellena el formulario para espera su turno.

Al ser llamada, entra al consultorio, luego de unas dos horas dentro con la especialista, termina la primera consulta. Con la idea del vestido en su cabeza, intrigada, sale en busca de la tienda de ropa. Al llegar al local donde la joven asistente del consultorio médico comprara dicho vestido, le pregunta a la dependiente de la tienda si puede brindarle información del vestido que la joven comprara hace unos días en la tienda.

Escuchándola, la mira y responde:

—En nuestra tienda donan o se compra ropa usada, llevamos un registro ordenado del inventario de las prendas, no es habitual dar información a los clientes sobre nuestra tienda, si usted me explica su razón, con gusto podré ayudarle.

—Le parecerá extraño, le entiendo, créame, pero se trata de un caso de hurto. —Intenta convencerla.

Admirada, le responde la dependienta de la tienda:

—¡Comprendo su situación! Le ayudaré, acompáñeme, por favor, al fondo donde podré darle los datos que tenemos en los archivos del computador. —Bajando la escalera, en un pequeño cuarto está la computadora. Espera sentada en la butaca, al imprimir los datos del vendedor de la mercancía.

—Espero que sea de su ayuda —dice la dependienta, entregándole el papel impreso.

—Muchas gracias por su comprensión, y su buena voluntad de ayudarme. —Se despide y toma en mano el papel, el cual tiene escrito una dirección de Lugano: «Sr. Mario Minolta, tienda de antigüedades Minolta».

En un momento de impulso, con la determinación de no esperar ni un minuto, emprende el viaje a Lugano, sin tomar cuenta las horas de viaje en auto para llegar a aquella tienda. Estarán en Lugano en las horas de la tarde, antes de las cuatro.

Programa el navegador con la dirección del local, luego, busca en internet más datos de la tienda y el perfil del Minolta. Lee un poco los datos que encuentra. Enciende el motor, levanta el fre-

no de mano, gira el volante con dirección a la autopista, tomando
el carril de aceleración, para entrar en la arteria vial, y enciende el
radio. Casualmente suena una de sus canciones favoritas, un tiempo despejado y soleado a 120 km por hora como muestra la velocidad permitida en la autopista, un viaje imprevisto, pero dándose las
coincidencias, el destino te lleva por esos caminos que casi nunca
se planean, extraños acontecimientos, disfrutando del viaje por carretera, acompañada de la primavera estación.

Faltando media hora para llegar a Lugano, se desvía en
la primera parada para comprar una botella de agua y hacer unas
llamadas, una pequeña pausa y luego continuar el viaje. Llegando
a la ciudad, el clima es aún más cálido, difícil no se le hace encontrar la dirección, el local está centralmente ubicado; después
de unas cuantas vueltas en la zona, encuentra un parqueo donde
estacionar. Mira la hora en su reloj, una hora de parquin permitida. Se encamina a la tienda, a unos diez minutos a pie, divisa
el letrero escrito con letras góticas, y entra al instante a la tienda
de antigüedades. Saluda al señor Minolta, toma en mano algunos
objetos que luego coloca de nuevo en su lugar en una pequeña y
simultánea intención de no abordarle de sopetón el tema. Entretanto, él se acerca preguntándole si busca algo en especial y ella
muy amablemente le responde, esforzándose en su italiano, para
explicarle el motivo de su visita. Ciñendo el ceño, en el dialecto
de ella le dice:

—Explíqueme de nuevo, por favor.

—Mi nombre es Suyan BerryColoth, hace un tiempo usted
ha vendido en una boutique de segunda mano, en Zúrich, un vestido en blanco hueso bordado, esa prenda perteneció a mi madre.
—Y le enseña el papel de la tienda de segunda mano de Zúrich.

—Sí, lo recuerdo. ¡Claro, el hermoso vestido blanco! Bueno, seguro que le interesará el baúl donde estaba guardado el vestido, por favor, acompáñeme. —Y le señala con el dedo índice un
baúl viejo—. Es ese, señorita BarryCohoth.

Nerviosa, abre el baúl, encontrando la corbata, un encendedor en plata con unas iniciales grabadas y toma consigo las dos cosas.

—Señor Minolta, son de mi padre, deseo recuperarlo. ¿Cuánto cuesta?

—Señorita BerryColoth, deme solo aquello que he pagado, puede usted quedárselo.

—¡Muchas gracias!, son importante para mí —dice Suyan.

Conmocionada, se le resbala de las manos el encendedor, cayendo al piso; este se abre en dos, dejando ver en su interior un microchip. Agarra el encendedor y lo guarda dentro de su bolsa de mano, paga el monto de los dos objetos y, a su vez, él empaca la corbata, deseándole un buen viaje. A la salida de la tienda de antigüedades le cuesta dar crédito a todo lo acontecido, su asombro y curiosidad crecen aún más, por el motivo del microchip que encontró dentro del encendedor. Intenta comunicarse con Edward, mas el teléfono suena unas tres veces y salta la contestadora, dejando un mensaje y cuelga. Son más de las cinco de la tarde y de vuelta al auto, toma la vía de retorno a casa, aprovechando la luz del día, calculando su llegada a eso de las nueve de la noche, si el tráfico no está congestionando las vías y la puesta del sol.

Transcurrido un gran tramo del viaje, suena su móvil. Al ver en la pantalla que es Edward, contesta al teléfono activando el altavoz. Sin muchos detalles, brevemente le explica la situación, luego cuelga. No despeja la duda del significado de todo esto, la manera de cómo consiguió esconder su padre ese microchip es más asombroso.

El próximo carril muestra ya la vía a la ciudad de Zúrich, al entrar a la ciudad mira su reloj. Marca las veinte menos quince, el sol no llega hasta este momento a su ocaso, calles llenas de flores primaverales en las balconeras del típico ambiente de la ciudad.

De entrada, al subir la escala le espera sentado en ella Edward, y la saluda. Entran los dos al mismo tiempo, y le invita a sentarse en el sofá. Mientras tanto, busca el lector de memorias y su portátil, lo coloca en la mesa del salón e inserta el microchip en el lector; lo conecta a uno de los puertos del portátil, tomando el encendedor en mano y lo mira detalladamente.

—¿Qué pueden significar estas iniciales «E.D.»? —le pregunta, pasándole el encendedor a Edward.

—Déjame ver. —Le pide el encendedor a ella, agarrándolo en mano, lo gira y mira las iniciales. Le responde—: No tengo ni la más mínima idea, podría ser un nombre.

Abriéndose la pantalla del portátil, les pide una clave de acceso al archivo.

—Si mi intuición no me falla, esas iniciales son la clave para abril el candado. —Cierra Suyan sus ojos, en el intento de adivinar la clave que abre el candado de seguridad del archivo.

—Un nombre importante para tu padre, tu madre se llama Ester de la Vega.

Insertando el nombre de su madre, sigue siendo negativo, no se abre el candado. Intenta con el nombre de su padre, el suyo propio, pero no se abre.

—Piensa en un nombre cercano a tu padre.

—No recuerdo ninguno con esas iniciales —responde desconcertada al no lograr abrir el archivo.

—¡Con las llaves del cielo que te envíen ellos abriremos el candado! —Alzando sus brazos, exclama irónicamente.

—Me encanta tu humor, Edward —sonríe ella—, ni que fuera yo una enviada de Dios.

Al instante de decir aquella palabra, se lanza de nuevo al teclado y escribe: «Enviada de Dios». El candado se abre, mirándose al tiempo los dos.

—¡Aleluya, se abrió! —exclama Suyan. Intentando explicarle, continúa—: Mi nombre proviene de una lengua indígena, Suyan significa enviada de Dios.

Edward, asombrado, permanece mudo escuchando la historia que ella le cuenta.

—Mi madre estaba fascinada por la cultura de estas etnias indígenas, muchas de sus pinturas muestran en ella el vivir de su gente. —Intenta abrir la numeración de los archivos y continúa contándole el origen de su nombre. Entre los archivos aparece uno titulado con su nombre: «Suyan». Abre el archivo para empezar a leer:

«Suyan, querida hija mía:

Si lees esta carta, es que algo malo nos aconteció a tu madre y a mí. Intenté ser el mejor padre para ti, mas la vida te coloca en situaciones inesperadas por azares del destino, no podré estar más a tu lado, solo quiero decirte unas cuantas palabras, esperando que las entiendas. La maldad en el hombre, como tal, no existe. Las creencias sectarias en su forma doctrinal encontraron la fórmula para someternos, la naturaleza es egoísta en su innato instinto de supervivencia, es esta sociedad que empuja a pasar los límites, llegando a cometer actos bárbaros. Espero me perdones por fallarte, pero quiero que sepas que eres lo único importante de mi vida. Te amo, no lo olvides nunca.

Tu padre.

Paul BerryColoht».

En ese preciso instante corre por su rostro las lágrimas, en sus tenues mejillas artificialmente enrojecidas, seca el llanto en el pañuelo y continúa abriendo los archivos sin aumentar o agregar palabra alguna, llevando la mano derecha a su cuello, presentando cuidadosa atención en uno de los datos agregados que muestra una carpeta con nombres y números de cuentas; ante sus ojos tiene toda la información todo con respecto al faustoso plan, todos los detalles se encuentran en este microchip. Suyan sintiendo el frío aterrador de la verdad, rompe el silencio de sus labios, mira a Edward y le dice:

—Tenemos en nuestras manos las pruebas, lo llevaré a la policía, será más conveniente que un experto analice todos los archivos.

—Tienes razón, la policía sabrá qué hacer con toda esta información, no cabe duda que tu padre fue astuto tomando precauciones. ¡La justicia, tarde, pero llega! —en esta última frase enfatiza, nada oculto entre cielo y tierra ni secreto que no pueda ser revelado.

—¿Puedes acompañarme? —le pregunta. El estrés es otra vez eminente en ella.

Coloca su mano en su hombro, en esa mirada él responde:

—¡Vamos! —Levantándose luego de su silla.

En la estación de policía ella tartamudea un poco, sus nervios no la dejan explicar con claridad, el inspector de policía un tanto confuso no comprende la historia.

—No le entiendo de qué me habla usted, por favor, su denuncia. Lleva usted más de quince minutos hablando —dice el inspector de policía un poco molesto.

—Señor inspector, tenemos las pruebas de un asesinato, lavado de dineros, mi compañera está nerviosa, discúlpela —le entrega en las manos el microchip—, échele un vistazo a esta información, somos periodistas, por casualidad encontramos estos datos.

—Hubieran empezado por allí, *okey* dejen sus datos, si tenemos que hacerles preguntas más adelante les contactaremos. —Sin mucho que agregar, les pasa un formulario para rellenar. Se despide extendiendo la mano.

Al salir de la jefatura de policía, se quitan un peso de los hombros; es ahora que le cuesta aceptar todo lo ocurrido en todo aquello relacionado con el caso que envuelve su pasado. Camina un tanto pensativa, la confesión de su padre fue algo inesperado para ella, durante años creció creyendo una historia diferente a los hechos reales, guardando aquellos recortes de prensa donde los diarios dieron una versión de las razones del crimen, el móvil del hurto, lejana al secreto guardado en la *Trilogía Sublime*, no era los cuadros en sí, mas ellos guardan la belleza del arte y sin explicación son la obra maestra de un crimen que sale a la luz.

Suyan camina en dirección recta como aquel que va sin rumbo fijo, a unos diez pasos se sienta en el primer banco de la calle, la noche cubre la ciudad.

—Siempre pensé que mi padre era un hombre de principios. —Deja fluir la tristeza.

—Eso que para unos puede ser bueno a otros les resulta malo, la vida no te deja muchos caminos en ocasiones —le dice, intentando animarla un poco—. No justifico a tu padre, pero no ganas nada con juzgarlo.

—Eres un amigo. —Mira el reloj y continúa diciendo—: No te preocupes, estoy bien. Nos vemos mañana en la oficina.

Se levanta del banco, se despiden con dos besos en las mejillas, y ella le regala una pequeña sonrisa dando a entender que no tiene de qué preocuparse. Ella se marcha a casa con otro semblante en su rostro.

Abre los ojos al nuevo día, luego de pasar la noche en su sofá, el día anterior la dejó vencida. Todo ocurre rápidamente ante su vista, costándole asimilar los acontecimientos extraños que la envuelven. Solo recuerda la cita pendiente en horas de la mañana en la consulta, en un esfuerzo por levantarse del sofá para cumplir con todos sus compromisos, es una situación fuera de lo inusual; a lo largo del tiempo, llenó su vida con razones un tanto comunes: el conservar su trabajo, esforzarse por alcanzar sus metas, dejando de paso todo esto importante, que es el campo personal en un segundo plano, pero consciente de ello, su esfuerzo está concentrado en superar su problema, recordando ese pequeño párrafo escrito para el artículo (el alcohólico supera su problema solo cuando es consciente que tiene un problema).

—Venga mañana —fueron las palabras de la doctora, para luego toparse con todos los acontecimientos sucedidos en veinticuatro horas de un día, donde solo puede cambiar el rumbo de eso que algunos llamamos destino.

Desperezándose un poco antes de salir al trabajo, usa ropa interior cómoda todos los días, se dirige al baño, frente al espejo se ve más delgada, lleva puesta su ropa interior, un sujetador en algodón sin alambre y un *culot* sin costuras. Acerca su rostro al espejo y nota las ojeras marcadas. Abre la llave del lavabo, graduándola en frío para lavar su rostro, y lo moja unas tres veces para lograr despertar por completo; luego de salir de la ducha, se arregla para salir rumbo al consultorio y en la tarde a la oficina, sin ninguna variedad en su programa.

Un tanto deseosa por contarle todo lo ocurrido, entra al consultorio médico puntual. La asistente encuentra a Suyan ocurrente por el episodio ocurrido en días anteriores, sin demora la deja pasar.

—¡Buenos días, Suyan! —le saluda, invitándola a sentarse y colocarse cómoda—. Cuéntame, ¿cómo te sientes luego de nuestra primera sección en la terapia?

Luego de acomodarse en la silla, le responde:

—Doctora, en cuanto a su pregunta, me ha sucedido un hecho curioso, precisamente saliendo de su consulta. ¿Cree usted en el destino?

—¡Qué pregunta, Suyan! Antes de responder me gustaría saber qué fue lo que te ocurrió.

—Cuando salí de la sección, una de las asistentes llevaba puesto un vestido blanco bordado, idéntico a un vestido que mi madre solía usar, le pregunté por el vestido, y para mi sorpresa ella me comentó que lo adquirió en una tienda de segunda mano, lo asombroso es que aquel vestido era el de mi madre, después de todo lo ocurrido pienso en si es el destino. —Suelta Suyan un suspiro.

Le mira la doctora un tanto admirada, colocando la mano sobre su barbilla, para luego responderle su pregunta:

—Bueno, el poder de los pensamientos es muy fuerte, en cuanto al destino es difícil predecir todo, es especulativo hablar de ello. Hace unos años realicé un viaje a la india; en el convento aprendí un poco sobre estas cosas. La vida es regida siempre en el deseo de tus pensamientos, la meditación ayuda a liberar el karma. No podría responder tu pregunta con exactitud, pero puedo ayudar a liberarte del efecto postraumático mediante la terapia.

—Sí, doctora, es mi deseo —responde Suyan.

—El pasado no se puede cambiar, pero es ahora el presente. ¡Vívelo plenamente! ¿Otra pregunta más? —termina diciendo la doctora

—No, la verdad es que no, ocurren cosas inexplicables, paso la mayoría del tiempo en la oficina, le cuento esto, es un tanto curioso… —Una sonrisa ligera mientras cuanta su relato y continúa diciendo—: Mi vecina tiene una gata que curiosamente le encanta mi closet, en cualquier descuido logra entrar a mi apartamento a esperar que yo llegue. Al principio me asusté al verla saltar del closet.

—Los animales tienen una gran capacidad que nosotros no poseemos, es la interpretación de los movimientos que les rodean, es una forma de lenguaje en el movimiento corporal de los gestos, ella intuye tu salud, tu tristeza y, simplemente, quiere acompañarte —le explica nuevamente la doctora.

—Así es, ella suele enredarse en mis piernas, esperando que la tome en brazos —dice Suyan un tanto conmovida.

Después de escuchar a la paciente, prosigue con la sesión continuando con las aclaraciones.

—En cuanto a los sueños que me has contado que provocaba tu estado de ansiedad, practicaré una hipnosis para encontrar las relaciones de los sucesos con los hechos del pasado, en otras secciones a la desensibilización sistemática para enfrentarte a ellos —aclara la doctora el sistema de la terapia.

—Bueno, estoy de acuerdo en proseguir con el tratamiento. —Mientras se recuesta en el sillón para relajarse siguiendo las instrucciones de la doctora.

Todo el tiempo que pasa en el consultorio para luego regresar al magazín, poco más o menos le da la una de la tarde. Entra Edward, saludándola, y le notifica que han sido llamados para prestar su declaración ante la comisaría de policía, y le entrega en sus manos el papel. Luego de leerlo, sin perder tiempo, los dos se dirigen a la comisaría.

En la entrada de la comandancia les atiende el inspector con café en mano y les invita a acompañarle a un despacho en la comandancia.

—Señorita BerryColoth, le hemos citado para tomar declaración revisando toda la información que usted y su compañero proporcionaron. Nos encontramos con un caso muy particular de lavado de dinero en diferentes lugares del mundo, una red que hace unos años atrás se intentó desarticular, mas por falta de evidencias no se logró la captura por parte de la Interpol, pero ahora, sorprendentemente, las cosas cambian. Lo curioso ummm… es que usted, la hija de uno de los implicados, en este caso sea quien nos entregara dichas pruebas.

—¡Yo soy la primera sorprendida! —explica Suyan.

Interrumpiendo sin dejarla continuar, el inspector dice:

—Obvio que usted no tenga nada que ver con los hechos, no estamos insinuando que tenga relación en este caso, su declaración es importante para dejar anexado en los archivos de investigación. Tomando la declaración escrita de los hechos transcurridos, muchas de las personas implicadas se encuentran en paradero desconocido, otros están muertos, según nos comunicaron los agentes de Interpol, aunque tenemos en mano toda la información.

Para terminar con la declaración escrita el inspector le devuelve el microchip, aclarándole que se han hecho copias de toda la información que contenía dentro como prueba de archivo.

Al salir del recinto policiaco, Edward intrigado le pregunta a Suyan:

—No mencionaste nada de los cuadros ni del maestro Rozanne. ¿Por qué callar al respecto?

—No me preguntes, ni yo misma lo sé —responde a secas, Suyan.

Sin preguntar más la acompaña al auto, son esas cosas que pocas veces tienen explicación, involuntarias o instintivas del porqué callamos en ocasiones en nuestra vida ante los hechos. No es una aceptación de lo contrario, es la manera que encontramos para dar tiempo al tiempo siendo sabio al hablar.

Capítulo XIII
La justicia

Todos reunidos alrededor de la mesa, la torta y el festejo, la pequeña Suyan impaciente por destapar sus regalos, su padre listo con la cámara de fotos para inmortalizar ese momento y su madre, en cambio, tiene una caja de cartón decorada con un pompón enorme de color pastel rosa. Otro cumpleaños de la pequeña que sonríe sin parar; este sería su último cumpleaños que celebraría junto a sus padres grabándose en su memoria cada detalle de ese hermoso día que le asalta una vez más al cerrar sus ojos y escuchar sus voces.

—¡Suyan, feliz cumpleaños! Sopla y pide un deseo —dice la madre.

—No, esperen, falta la foto de todos juntos, ¡sopla las velas! —comenta el padre.

—Mi papá siempre con la cámara de fotos, quiero abrir rápido los regalos —dice Suyan.

—No, primero cantamos —responde la madre.

—¡Mamá! —dice enfadada, Suyan.

—Todos juntos. Cumpleaños feliz, cumpleaños feliz, deseamos a ti, que los cumplas feliz y los sigas cumpliendo hasta el año tres mil. ¡Feliz cumpleaños, Suyan! —canta la madre—. Tu regalo, de tu padre y mío, ábrelo hija. ¡Cuidado!

—Sí, mami, es un hámster. ¡Oh dios mío! Graciaaaasss —exclama Suyan.

—Cuídalo mucho, Suyan —le dice el padre.

—Sí, papá, como ustedes cuidan de mí —responde Suyan.

Todos se marchan a sus hogares, pero ella no. Luego de la conversación en el consultorio de la doctora, los animales están llenos de amor. *Mimosa* fue la única capaz de intuir el dolor que ella probó dentro, en su silencio, y esa sonrisa construida en su máscara, esa felicidad que experimentó el día de su séptimo cumpleaños acariciando el pequeño animalito que le regalaran sus padres. Mirando su escritorio un tanto desorganizado, lleno de papeles, entre ellos el esperado artículo, la edición impresa, el final, la portada. La foto muestra a un hombre con los ojos vendados, la balanza cargada de drogas de todo tipo, una muestra clara al juicio sobre el tema que cada persona debe tomar y un título entre comillas: «El tabú de la ignorancia. Drogas».

Pasa cada página entre sus delgados dedos, inclinando su espalda al respaldar de su silla para leer el artículo que ella escribiera; tal vez como lectora, una vez más tiene consigo el fruto de su duro trabajo: horas, días sin dormir para entregar al lector la información de un punto de vista objetivo del problema sin sucintar, o despertara crítica del lector en cuanto a su contenido. Empieza a leer el artículo el cual en sus párrafos está escrito lo siguiente:

«Desde la antigüedad se conocen relatos sobre todo tipos de drogas, muchos escritores escribieron en sus novelas, relatos donde las drogas han estado presente. Oscar Wilde, por mencionar alguno. Nicolás Monardes ya hablaba de la planta de coca en su libro de medicina en la época del Renacimiento. Para entender la problemática de las drogas se tiene hacer un viaje a través de las drogas y la relación del hombre con ellas, el impacto social y cultural; esto nos lleva al punto que empuja su consumo prolongado al explotar la curiosidad.

Los jóvenes en las tribus urbanas y su manera de identificarse, la música, su vestimenta, sus formas extravagantes de divertirse rebelándose a su época, es el caso de las tribus que nacieran en Londres, tribus urbanas como los beats, mods, *en el paso del tiempo y junto a los cambios, pero la más conocida, sin duda, fue los* hippies *con su filosofía, dando paso al sexo y amor sin tabús, liberándose de todo y por entender que las drogas fueran el motor resultante a dicha conducta, por estas razones, en su ensayo de psicología, Timothy Leary fuera perseguido al defender su postura sobre las drogas psicodélicas, creando una encrucijada de prohibición a su vez. Las drogas de diseño pasarán a formar parte del consumo de las nuevas tribus urbanas del momento, derivados de otras como lo fueron los* punk, góticos, raperos y heavies, *entre otros, relacionados con muchos escándalos sociales, demostrando al igual que en el tiempo de la prohibición del alcohol solo se consiguió fortalecer las bandas criminales que operaban en esa época.*

La política que se adoptara hace veinticinco años atrás, *basada en cuatro pilares fundamentales no es eficaz, no se termina ni con su consumo ni producción. La política antidrogas durante el gobierno de Nixon en la guerra contra las sustancias ilegales, logró cerrar el suministro proveniente del Oriente del opio puro; este vacío rápidamente fue ocupado por las rutas dirigidas en contrabando ilegal de países como México, Perú y Colombia, tomando el control, recordando el paso del tiempo como China fue invadida de opio por parte de los contrabandistas ingleses, los franceses e italianos en los años 40 y 50, tomaron el suministro al desaparecer y entraron las emigraciones cubanos en la florida.*

Durante la segunda guerra fue casi imposible encontrar opio, apareciendo nuevas sustancias y logrando ocupar el negocio rentable e ilegales, nuevos suministros, nuevas redes, nuevas sustancias en la competencia del mercado ilegal que mueve can-

tidades de activos lavados luego, un juego que no tiene final al morbo que encierra la problemática sustentada por la ignorancia. La muestra de ello está en los años 80 y la famosa campaña global antidroga que financiaran el gobierno de EE. UU., podría haber dado luz verde, mas no lo logró por su falta de claridad.

La política con respecto al tema tendría que reestructurar los pilares cambiando la estrategia basada en un estudio más a fondo de la problemática, en base a las condiciones actuales, invertir más dinero en el campo médico del estudio actual de la sociedad moderna.

En salud, para previsión de pacientes de riesgos al consumo y en tratamientos de enfermedades mentales, trastornos de conducta, depresiones, estrés crónico, más información sobre el tema del consumo de sustancias en todos los campos, consiguiendo cambiar las ideas erróneas, ante todo preparando a la población mundial a una nueva visión de la legalidad y la función por la cual fueron creadas, exterminando los tabúes y perjuicios, que son un cáncer de la sociedad.

Se plantea en este estudio todos los campos: médico, social, cultural, económico y político. Un compromiso de todas las naciones unidas para mejor el bienestar y seguridad mundial, todo esto es posible con una dinámica conjunta la cual tenga como objetivo la educación a las nuevas generaciones rompiendo el estándar lineal, educando de forma pedagoga».

Suyan pierde la concentración de la lectura al entrar un e-mail. Para su sorpresa, es nada menos que el maestro Rozanne. Coloca el artículo sobre el escritorio, abre la bandeja de entrada de su mensajería, y lee cada palabra del artista. Una vez más, las lágrimas corren en sus mejillas ante las tremendas palabras de arrepentimiento de Rozanne, por el silencio de su fama y el infierno de su conciencia juzgándole más cruel que la justicia de los hombres, condenándolo a una vida sin alegría, ni tranquilidad interior.

Suyan responde al e-mail con las siguientes palabras:

—El único camino al perdón es el olvido, señor Rozanne, lo intento todos los días, el odio es la enfermedad al dolor y la venganza, solo puedo decirle esto —dichas estas palabras cortas, se despide enviado el e-mail.

Al instante, el celular vibra. Es un mensaje enviado por Edward ofreciéndole acercarla a su casa. A unas cuantas cuadras cenaron sus compañeros, pero ella insistió en quedarse sola en la oficina con la excusa de que pasó la gran mayoría del tiempo fuera de ella, pero preocupado, pasa para confirmar si Suyan se encuentra bien.

Aceptado el ofrecimiento, no duda en bajar, algo perturbada en el ascensor, mientras se mira al espejo, se acomoda su cabello un tanto desordenado para aparentar que no sucede nada.

Al subir al auto saluda con un beso en las mejillas sin comentar en absoluto nada con respecto al e-mail de Rozanne, intentado sutilmente colocar el tema, ella sospecha que detrás de ese e-mail puede estar él evadiendo todo tema en relación al maestro, no desea mostrar todo el sentimiento de esa verdad, el cambio en su vida e intentar seguir adelante. Es normal mostrar la apariencia, pero ocultando el sentimiento, mientras mira las luces tenues de la ciudad en la fresca noche, intenta pensar en cosas más banales. Seguidamente dice:

—Leyendo de nuevo el artículo he pasado todo el tiempo.

—¡En serio! —Espera Edward que continúe hablando ella.

—Sí, Vladimir en mi escritorio dejo el número del magazín impreso, la fotografía. ¿De quién fue la idea? —pregunta ella.

—Creo que de Mateo, propuso dos portadas, también la vi hoy en la mañana. A propósito, cuéntame, ¿cómo va tu terapia?

—Para resumir, me siento serena, me lamento de no haber ido antes —responde ella.

—Se ve mejor semblante en tu cara, en tus planes está unas vacaciones bien merecidas —la anima Edward.

—Tengo pensado ir a Londres y visitar la tumba de mis padres.

Para el auto enfrente al departamento de Suyan .

—Nos vemos mañana —se despide él.

Continúa Suyan:

—Temprano tengo una cita con un marchante de arte, el precio de los cuadros es exuberante, parece ser que un coleccionista privado en Dubái está interesado por los cuadros.

—Hacen parte de un mal recuerdo, qué buena idea de venderlos. ¡La *Trilogía Sublime*! —Es la expresión en sus facciones de alegría y admiración.

Sublime, como su historia ante todas las miradas se esconde un misterio, mezcla ese oculto universo de su creador, enigmático ese mismo universo que hablara tantas veces aquel que en sus propias palabras dichas por el artista; se organiza inteligente multiplicándose entre sí, cargado de energía en la cabeza de cada individuo, extraña fuera de combinación la cual Edward notara al realizar las fotos 639-936 que aparece en los detalles en las corbatas, los círculos de las lunas pintadas con intención, en ella se encierra la belleza sublime, simetría es la belleza en los números que rigen las leyes del universo, que el hombre descubriera a través de ellos, esa misma que el maestro Rozanne, precursor de su arte, enseñara en sus cuadros concediéndole la fama y el éxito.

Naciones unidas, Ginebra (Suiza)

Congreso internacional.

Suyan, un tanto nerviosa, camina por el pasillo que conduce a una de las salas donde se encuentran todos los delegados reunidos de diferentes países del mundo, donde se trata el problema de seguridad mundial.

—Señorita BerryColoth, acompáñeme por favor —Y le indica el auditorio unos de los encargados del foro.

Entra a la sala un tanto nerviosa donde se encuentran todas las delegaciones de países miembros.

—¡Buenas tardes! —Toma la palabra frente al micrófono y continúa diciendo—: Señores delegados. Hoy estoy aquí presente para hablar de un problema que es de interés para la salud pública, es el tema de las drogas, una problemática que durante varias décadas nos ha afectado a nivel mundial en cuanto a salud y seguridad se trata. Mi experiencia como periodista durante varios años me llevó a realizar un estudio del problema en mi trabajo informativo. Hablar sobre de sustancias ilegales crea estigmatismo aunque se han hechos adelantos, todavía existe muchas barreras por vencer, es conocido el gran laborioso y exhaustivo trabajo realizado de muchos países involucrados en la lucha contra el problema de un tema espinoso y crítico. —En ese preciso instante de frente a la cantidad de personas que atentamente le observaban con la certeza firme, es el momento justo de lograr ser escuchada colocando en las manos de ellos una propuesta a consideración. Continúa hablando Suyan—: Como mencioné, es un tema el cual se colocará en las mejores manos de las personas competentes para estudiar una vía de salida a un problema que durante décadas nos afecta. Es un trabajo conjunto por parte de las naciones más desarrolladas, al igual que los países en vías de desarrollo. La propuesta es tratar el problema de raíz total, esto implica no destinar tanto dinero en la depresión de las sustancias ilegales, sino más bien utilizar un plan de prevención educativo en la temprana infancia y graduar a medida que los jóvenes crezcan con él, conociendo del problema en cuanto a salud y términos sociales, una responsabilidad de información del mundo ilegal y su historia en cuanto a drogas se trata y sus efectos en la salud. Se realizó un sondeo a grupos de estudiantes los cuales sus nociones del problema son muy elementales, casi nulos. ¿No es un derecho el saber qué es lo que consumimos? Los tabúes son el cáncer de nuestra sociedad y la ceguera mental, la ignorancia, este es el verdadero problema. Con esto se disminuirá el consumo de las sustancias ilegales, y dicho de una manera más práctica: sin consumo no habrá demanda.

Continúa explicando tema a tema en la conferencia, el factor que lleva a las personas a consumir sustancia de todo tipo, y el flagelo que esto puede llevar en consecuencia para el campo de salud y prevención en años posteriores y la urgencia de los países miembros en crear una estrategia conjunta.

Concluyendo su discurso continúa diciendo:

—Yo misma no sabía qué eran las drogas, su clasificación y muchos menos cómo funciona mi cerebro. Me atrevería a asegurar que muchos de ustedes tampoco entienden la complicidad del problema, les pregunto: ¿Cómo luchamos contra aquello que no conocemos? —Hace una pequeña pausa antes de terminar el discurso Suyan, y uniendo las palmas de sus manos en un hermoso gesto dice—: Muchas gracias por su presencia hoy en esta conferencia.

Las personas se levantan para aplaudir eufóricamente a Suyan. Ella torna callada, inmóvil por un instante, con la vista al frente; antes de abandonar el micrófono, logró con su lucha propia ser escuchada, solo el tiempo dirá si su trabajo produjo el resultado esperado, logrando superar el flagelo y la intolerancia con respecto al problema del consumo de las drogas.

Capítulo XIV
El rosal

Las mañanas de primavera suelen tener algo de especial, es el olor de las flores que cada año florece. Para Suyan, es el recuerdo encontrarse de nuevo después de tanto tiempo en el chalet de su infancia, donde tantas primaveras juega entre las sábanas bancas que su madre tendiera al viento fresco de una mañana, igual de fresca que hoy, tantas otras tardes corriera en el brillante verde pasto, acompañándole a pintar sus lienzos en la pradera, esos recuerdos los llevará por siempre, al mirar el rosal que su madre cuidara con empeño, enredadas en un arco construido en acero, siendo un espectáculo a simple vista. Ese trágico episodio impidiéndole colocar pie en esa casa fue suficiente razón para ella, siendo más fácil esconderse que enfrentar el dolor. El tiempo fue lentamente pasando y hoy de nuevo allí, olvidar no es tan fácil cuando las heridas no cierran, son como úlceras dolorosas escondidas en un hermoso vestido, ahora intentado con toda su voluntad vivir su vida, acatando el pasado. En cierta forma, está allí para liquidarle.

Pasados pocos minutos de haber llegado y sin demora, aparece el comprador de la casa, un chalet campestre que cuenta con cuatro habitaciones, un baño en cada una de ellas, sus pisos en piedra rústica y la guardilla, el lugar que nunca desearía volver.

Allí, el hombre con un portafolio en mano, que pronto le saluda muy amable sonriendo con apariencia juvenil.

—¡Buenos días, señor!, disculpe si olvidé su nombre. —La melancolía la distrajo.

—Yo no he olvidado su nombre, señorita BerryColoth —Extiende la mano derecha—. Jules Smides.

—Señor Smides, es un placer. —Estrechándole la mano derecha, continúa hablando—: Acompáñeme, por favor, le enseño el chalet.

Dentro de este, le enseña todas las habitaciones, aclarándole las ventajas del inmueble y poder discutir el valor y todo lo relacionado al lugar, dándole la impresión a Suyan que parecía estar comprada por un agente inmobiliario, más que un comprador particular, intentando por todos los medios hablar lo necesario para cerrar la promesa de compra de la vivienda.

—Disculpe mi imprudencia, señorita. BerryColoth, pero tengo entendido que en este lugar hace muchos años se cometió un crimen. —Para infortunio, tocaba el tema—. ¿Le molestaría contarme qué aconteció?

—No es un tema agradable, dado el caso. —Hace una pequeña mueca de disgusto ella.

Él, un tanto incómodo, espera la respuesta, la historia de los hechos sucedidos. La intención es escuchar la versión de lo ocurrido por boca de su protagonista para corroborar todos los rumores que se dicen sobre el crimen.

—Un robo, los diarios de esa época dieron mucho eco al suceso, por desgracia, mis padres fallecieron en el acto —responde a la pregunta sin evadirle.

—Siento muchísimo lo ocurrido a sus padres. —Se quita las gafas, las limpia, se la coloca de nuevo y en ese instante la mira y le confirma su intención con una sola palabra—. Comprada.

—Gracias señor… —De nuevo olvidó el nombre del agente inmobiliario.

—Smides —responde al instante.

—Sí, claro, disculpe señor Smides, es un placer cerrar la venta de la vivienda —se despide extendiendo la mano derecha.

Suyan, después de todo, no le cuesta trabajo la venta del chalet, y aprovechando la luz del día, camina un poco por los alrededores, nostálgica, debido a los recuerdos que ese lugar traen a su mente: felices, otros trágicos… se gira y ve de lejos la casa, igual a esa noche oscura que huyera con la tempestad y los truenos en busca de refugio en el espeso bosque; la niña indefensa le costaba entender todo aquello que le sucedía, solo corría sin rumbo alguno, mas todo era diverso ahora. Ella logró romper con el pasado y enfrentar el presente, sus miedos, sus fantasmas, unido a todo el dolor, el frío de su soledad. Cansada ya de caminar largo tiempo y hambrienta, baja al pueblo. Todo está igual, parece mentira, la gente rebulle a los cambios: la taberna, la panadería, los pocos almacenes de víveres y la ferretería, herencia de tres generaciones, unas cuantas casas que datan de principio del siglo pasado, muestran una majestuosa arquitectura, la razón de sus habitantes en conservar las costumbres del lugar.

Un hostal con especialidades culinarias de la región donde Suyan está hospedada. En la acera de la calle, unos cuantos le reconocen saludándola, siendo ella un personaje que sus habitantes no olvidarían; precisamente el dueño del hostal encontró a la pequeña Suyan en el bosque, un día después del homicidio, dando aviso a la policía. No hablan sus habitantes del crimen en el pueblo, supersticiones de muchos que rumoreando de lo acontecido a todo aquel que intentara alquilar el chalet moderno para su época, sin conseguir arrendarlo, asegurando que el alma del matrimonio deambulaba en busca de su pequeña, nadie se acercaba al chalet por miedo. La científica cercó el lugar, permaneciendo muchos años sin habitar. Petra, la boticaria, se encargaría luego del chalet, ella no era como el resto de la población, pues Petra y su esposo llegaron luego del crimen al pueblo, ya que residían en la ciudad, considerando esas cosas tonterías sin fundamentos. Petra sostenía con Suyan comunicación frecuente, comentándole su deseo de vender el chalet.

—Hola, Suyan, qué alegría verte de nuevo. —El rostro de Petra demuestra la emoción de su encuentro.

—Sí, aquí luego de tantísimo tiempo. —La abraza calurosamente y le convida al restaurante del hostal.

Sentadas en la mesa, Suyan continúa la conversación:

—El precio del chalet, su venta está por debajo del valor. El agente inmobiliario se informó de todos los detalles, lo importante es que la promesa de venta se concretó. Me siento aliviada, Petra.

—¡Me alegro por ti! —continúa Petra diciendo—. La mejor decisión fue vender. Mi esposo sugería la idea de venta, no era más que un problema, como te mencioné en ocasiones al teléfono, su salud se encuentra quebrantada, mas con las terapias ha logrado recuperarse.

—Muchas gracias por ayudarme todos estos años, a ti y tu esposo les estaré agradecida por su generosidad inmensa. Qué bueno que la terapia dé resultado.

—¿Qué tienes pensado hacer luego? —le pregunta Petra.

Inclina su mirada a la mesa y luego responde a la pregunta Suyan:

—No lo sé.

—¡Ánimo! Tienes toda la vida por delante, seguro que te esperan cosas maravillosas —alza su tono de voz, mientras golpea suave con su mano derecha empuñada la mesa. Continúan hablando de cosas triviales. Las dos evaden el tema desagradable, transcurriendo unas cuantas horas en el hostal compartiendo juntas.

El tiempo discurre, apenas la gente la recuerda por su drama, atrapándola en el pasado, la pobre niña huérfana negándole a los ojos ver la realidad, que el pasado es solo el pasado, causándole daño al mantener abierta una herida que no cicatriza, desde las historias más ridículas contadas, hasta pasando por la compasión humana, optando por ignorar ciertos comentarios en esa perversidad de aquello que encuentran el gozo en el dolor ajeno.

Cayendo el ocaso, Suyan toma el camino en dirección al cementerio del pueblo, mientras la brisa le acaricia el rostro al igual que lo hiciera su madre en aquellas tardes soleadas de primavera cuando salían a comprar el material de sus pinturas, en esa pequeña tienda de bricolaje que, siendo pequeña, estaba surtida de todos los materiales. No existe otro lugar que la transportara al pasado como este pueblo donde la primavera ofrece flores con vigor propio, continúa el camino sobre las pequeñas aceras de cemento en bloques desalineados que enseñan al visitante la historia del lugar; antes de llegar, se detiene en la floristería. Al entrar, se topa con decenas de arreglos florales. Se detiene para comprar unas cuantas rosas blancas, pide que las arreglen para llevar. Al salir de la floristería, se da cuenta que nada en el pueblo ha cambiado: a la entrada del cementerio, a mano izquierda la capilla, solo se escucha el sonido de algunos grillos. Sigue en línea recta y justo en la redonda, un ángel de cemento adornado de flores, unos cuantos bancos le dan la espalda, en la cuarta línea se encuentra la gruta donde yace en la paz eterna sus padres.

Ella no puede evitar el dolor que le oprime el pecho, dejando rodar las lágrimas que resbalan en su rostro, en llanto desconsolado se desahoga, inclinándose colocando las rosas, en ese momento crucial que se podría decir que fuera una segunda despedida, con sus ojos encharcados de lágrimas, visualiza aquella lápida donde aparecen los nombres de sus padres.

—Cómo pasa el tiempo —hablándoles se despide—, parece que fuera ayer cuando se marcharon, los he extrañado, no se imaginan cuánto. Mis abuelos cuidaron bien de mí durante muchos años, me faltó el valor de venir antes, fue el miedo, un miedo que intenté ocultar a los ojos de todos para parecer más fuerte, donde el dolor se combatiera en el fantasma que torturó mi soledad, la pregunta siempre fue ¿por qué? Tratando de encontrar la respuesta, pero la vida es equitativa en ocasiones y coloco en mis manos esa carta que escribiste, no sé cómo llamarle ¿casualidad o destino? No importa ya, si es como pensaste, que no existen el bien ni el mal, solo circunstancias, que el egoísmo es naturaleza propia, el amor recompensa ese instinto natural, una vez más me enseñaste algo, papá: lo equitativo de la vida en la balanza por muy injusta que parezca. Vive en mí tu recuerdo por siempre, intentando perdonar el pasado y viviendo el presente.

Se seca las lágrimas, deja libre el sentimiento, alzándose del suelo y termina diciendo:

—Adiós, mamá, adiós, papá.

Se topa de frente con Edward de sopetón; asustada, un poco más queda sorprendida al verle allí. Él, parado al frente de ella, en su mirada cómplice con la expresión de alegría que demuestra esa sonrisa.

Rápidamente le responde:

—Sabía que te encontraría aquí, espero que no te moleste mi compañía. Siete días de vacaciones con la mejor intención de invitarte a un lugar que seguro te encantará. ¿Qué dices? —le propone el viaje—. Teniendo en cuenta que no tienes un plan marcado. —Espera la reacción de Suyan.

Ella, en ese momento no sabe qué responderle, tomándole todo por sorpresa.

—Mi plan inmediato era vender el chalet, luego tomar unos días de descanso. —Levanta los hombros y dice—: Tú eres el experto en sorpresas, Edward, te sigo en tu plan.

—¡No se diga más! Pasemos por el equipaje, nuestro vuelo sale esta misma noche.

Suyan ahora sí está más sorprendida.

—¿Tienes comprado los tiquetes ya? No preguntaré dónde.

De nuevo, él con su carisma logra devolverle la sonrisa a ella, llegando de nuevo en el momento justo, esa confianza cultivada por los años.

Recogen los equipajes y toman rumbo fuera del poblado en un auto rentado. La curiosidad crece dentro de ella, esa que crea la expectativa en la espera, más emocionada ante la sorpresa, decide aguardar el destino de su viaje en el trayecto. El silencio es absoluto, se tienen momento donde las palabras sobran, dejando al hecho el protagonismo. Embarcados, ya se encienden los motores del avión con destino a ese lugar que desconoce ella, a unas cuantas horas de vuelo sobre el mar en el Mediterráneo, apoya la cabeza sobre el espaldar de su silla y descansa. Edward toma la revista del espaldar de frente de su silla, consiguiendo matar el tiempo que lento transcurre, como es habitual en todos los vuelos. Se acerca la azafata ofreciendo el refrigerio:

—¿Desea algo de beber?

—Sí, por favor, un café —ordena Edward.

—La señora, ¿qué desea de tomar? —pregunta a Suyan la azafata.

—Zumo de naranja, por favor —responde ella.

La azafata les entrega las bebidas y continúa su trayecto por el pasillo.

Edward, que no pierde momento para halagarla, le dice:

—Qué bien, por lo visto has dejado de tomar café.

—Sí, terminé por sacar la máquina de café de la oficina, procuro tomar solo en la mañana el café, sugerencia de la doctora.

—Entretanto, bebe del jugo de naranja.

Un pequeño refrigerio junto con la servilleta para continuar el viaje un poco tedioso. Pasadas ya las horas de vuelo, se encienden las luces para avisar que dentro de poco aterrizarán en tierra firme y recordando a los pasajeros de abrocharse los cinturones para garantizar su seguridad durante el aterrizaje. Se sienten el descenso lento y los carriles encendidos de la pista, tocando tierra, disminuyendo la velocidad hasta lograr frenarla por completo.

—Bienvenidos a Nápoles, Italia. Esperando que su vuelo fuera placentero, gracias por usar nuestros servicios. —Se escucha en los altavoces.

Ella le mira, diciendo:

—¡Nápoles! —Confusa, toma su equipaje de mano de dentro de los compartimentos del avión.

—Sí, la isla de Capri es nuestro destino final. —Intenta tranquilizarla.

Desembarcan y en el trayecto hacia el puerto, parten en el ferry a la isla a unos veinticinco minutos en alta mar. En la isla, lo primero es encontrar un taxi. Edward le hace señas con la mano, esperando que el taxi se aproxime a ellos, no tarda en llegar el taxista que, bajándose de su taxi, pronto recoge el equipaje, abre la maletera del auto y acomoda las maletas. Ya en marcha, le pregunta la dirección donde tiene que llevarles y le acerca un papel con todos los datos escrito.

—No se preocupe, no estamos lejos de la calle. —Le devuelve el papel a Edward.

En una villa enorme, estilo barroco, para el taxi. Suyan se baja del taxi y lo primero que se alcanza a ver es el nombre de la villa: El Rosal.

—Esta propiedad perteneció a tu familia, el lugar donde fue creada la *Trilogía Sublime*, es aquí donde el maestro Rozanne se inspiró para pintar los cuadros. Más tarde fue adquirida por el mismo maestro, quien es su propietario actual.

Al entrar a la villa, el maestro Rozanne baja las escalas enfrente de la puerta principal y se dirige a ellos, les saluda. Suyan no le conoce en persona.

—Es un placer, maestro, conocerle en persona. —Le extiende la mano ella.

—El placer es todavía más grato para mí. —Y dirigiéndose a Edward—: ¡Gracias, amigo! Acompáñenme al salón.

El semblante del maestro muestra la alegría propia de aquel que pone fin a su condena en la cárcel, que pesa más que cualquiera construida por las manos: la conciencia, la misma que condena en secreto, donde su defensa es la justificación de los actos. El maestro se dirige al carrito de las bebidas.

Suyan susurra en voz bajísima a Edward:

—Explícame, ¿qué hacemos aquí?

—Tranquila, es justo que escuches al maestro —susurra él también para evitar ser escuchados.

El maestro les pregunta qué desean tomar, tanto a Suyan como a Edward.

—Un Martini en las rocas, por favor —contesta Suyan.

Luego Edward, también responde:

—Para mí, un *Scotch & Soda*, gracias maestro.

—Perfecto. —Les pasa luego las bebidas a cada uno, levanta la suya y dice—: A la salud de todos.

Alzando la copa brindan y toma el primer sorbo el maestro Rozanne, que se encuentra nervioso. Intenta disimularlo cambiando de postura, cruza sus piernas.

—Gracias por aceptar mi invitación hoy.

—Todo el tiempo que pasé en mi trabajo intentando comprender el misterio de sus cuadros, me intrigaron mucho, para alguien como yo que poco sabe de arte le confieso que ha sido todo un reto —confiesa Edward.

Suyan, al contrario, no puede disimular lo incómoda que se siente ante la situación en la conciencia de todo lo ocurrido y dice:

—Mi padre admiraba su arte. Es usted un buen artista, maestro Rozanne.

—El arte es arte, cuando expresa vida —agrega el maestro levantándose de su silla, les pide que le acompañen a la terraza. A su vez, todos se levantan de las sillas del salón y siguen al maestro, dando la vuelta por la galería en piedra rústica, a unos cuantos pasos al fondo se encuentran las escaleras que conducen a la terraza que enseña el panorama del mar y su luna como espejo enorme, brillante, posándose en la gruta azul donde el esplendor es maravilloso y mágico. En la terraza, ambos se quedan fascinados ante la natural belleza.

—Pasé noches pintando ese hermoso paisaje y capturando la majestuosidad del mar y su entorno —dice el maestro.

—¡*Wow*! Me quedo sin palabra alguna —dice, contemplando la gruta azul, admirada Suyan.

—No pretendo justificarme, pero tus ojos ven la magia sublime, querida Suyan, la ambición cerró mi razón ante tanta belleza junta, soñé con la fama que hoy poseo, mi intención es que me escuchara hoy, mi culpa es prestarme a un juego al cual no conocía las reglas, el cual perdí un amigo y tú a un padre. Perdóname, por favor. —El trago le da el valor para hablar, pero su voz se quiebra al decirlo.

—No podría juzgarlo. No guardo rencor —demuestra sinceridad al hablar, continúa diciendo—: El olvido es el camino, créame, es lo que intento.

—Gracias, gracias —dice exaltado Rozanne y se le escapan unas cuantas lágrimas—. Suyan, solo deseaba escucharlo, es la razón por la cual llamé a Edward, rogándole que permitiera este encuentro, necesitaba escucharlo y verlo en tus ojos.

—Suyan, pensé que era lo mejor, un encuentro después de todo lo ocurrido —interrumpe Edward.

—Sí, Edward. —Mira de nuevo a Rozanne con aquello ojos verdes serenos—. Maestro, ¡es hermoso este lugar!

—Mañana, si gustan, podremos ir dentro de la cueva en lancha —es lo último que dice Rozanne, disculpándose se retira a descansar, dejando a Suyan a solas junto con Edward, caminando cabizbajo más tranquilo, se pierde su silueta entre las escaleras.

Ella toma su Martini mientras la brisa del mar despeina su cabellera rubia. Al fondo, una música empieza a sonar, al otro lado se alcanza a ver parte del poblado y su actividad nocturna.

—Este lugar es paradisíaco y pensar que pasaremos siete días disfrutando —dice, mirando la maravillosa vista al mar.

—Esas fueron mis intenciones ocultas, un rapto premeditado —dice, sonriendo con picardía.

—No pierdes oportunidad para ejercer tus dotes de galantería —dice ella con su sonrisa discreta en los labios.

Agarrándola suave de la mano, la convida a bailar. La luna como testigo en el cielo de la gruta azul, la misma que un noche entró en su infierno, en ese otro lado oculto del ser que misteriosamente comunica los universos entre sí, lo infinito en el infinito, son cosas que nunca podremos comprender, intenta desenfrenadamente por controlar, conquistar, poseer, pero terminando esclavos de la peor de las cárceles, donde la condena es la infelicidad de no poder vivir en paz, prosiguiendo sueños que terminan y se convierten en pesadillas, donde el antídoto al dolor es ella, sí, ella, que te seduce y te domina. La «droga».

Epílogo

En la búsqueda de las drogas milagrosas en un viaje inexplorado.

Ganadora del prestigioso premio otorgado a su labor periodística por su artículo social en el campo de las drogas.

Su experiencia, la presión en su trabajo, días que nunca terminan causando dependencia a todo, incluyendo a esas más de catorce tazas de café que necesita para luego padecer insomnio.

Es el egoísmo el protagonista en su historia, el juicio, la culpa pesan en el silencio, en el drama de la vida, el pasado retornaría a reclamar justicia demostrando, una vez más, que ningún secreto permanece oculto, mostrando con ello los puentes que conectan con la realidad de forma inexplicable, ansiedad ante lo desconocido, llevándola al límite de su resistencia, chocando los universos en el que ella convive.

No podrá saber si el horror desaparecerá de su vida por completo, aunque a los ojos de los demás su vida es normal, pero el hado la tentará siempre en la lucha de su peor enemigo, sin terminar de conocerlo, es muy pronto para determinarlo en esa respuesta que la razón no es en muchos casos esa lógica del hecho real.

Los cuadros no tienen comprador. Están expuestos al público, por primera vez todos juntos, para deleite de quienes los contemplan. La *Trilogía Sublime* en su esplendor, el más grande de los tres es la Ópera House de Sídney a su derecha, a la izquierda la luna le acompaña en un paisaje del surrealismo en colores que va del azul difuminado al lila; el segundo es la Gruta Azul en la costa de la isla de Capri, que muestra la visión óptica de estar pintada en su apertura, mirando afuera de la gruta, los islotes de tierra y la luna a su izquierda, los colores azul marino intenso se difuminan entre claros de igual tono; el más pequeño, el cual no define lugar aparente, pero un pantano al igual que los anteriores tiene la luna a su izquierda, de colores que muestran el verde oscuro más luminoso, difuminado el azul marino claro, en sus lunas muestran diminutos detalles difíciles de entender, posibles mares lunares y montañas antiguas de orígenes volcánicos.

La interpretación de lo sublime puede ser relativo al igual que el universo.

REFERENCIAS

—La búsqueda del olvido/ Historia global de las drogas, 1500-2000. Autor Richard Davenport-Hines. Primera edición en castellano septiembre 2003. Turner Publicaciones, S.L. para España. Fondo de la Cultura Economía para América Latina

—Storia dell´arte. Giunti Gruppo Editoriale, Firenze. Susaeta Ediciones S.A. Campezo, s/n 20022 Madrid. Impreso en la UE.

—Malerei Lexico von A bis Z / Silva –Verlag, Zürich.

—Hans Holbein 1497/98-1543 –belser 2003, 2013.

—KUNST VERSTEHEN VON A-Z Analyse, Technik, Praxis-2016 Dietrich Reimer Verlag GmbH, Berlin. Übersetzt von Nicolaus Bornhorn.

—Zentren für Schtmedizin arud 8005 Zürich CH. Impressum -5000 Exemplare, Druck Mattenbach AG. Winterthur. 2015.

—Redes (programa de televisión). La 2 televisión española –Divulgación científica.

—Diario *El Espectador*, Colombia – Online información

Agradecimientos

Esta obra me llevó dos años de documentación antes de empezar a crear la trama. Al Zentren für Suchtmedizin- Arud, Dr.med. Andre Seidenberg, Lcda. Ana María Zapata. Lcda. Patricia Palta, Psic. Fabiola Dueri Sonderegger. Mis agradecimientos para todos aquellos que colaboraron de muchas formas para poder escribir esta historia, llegando a entender lo complicado del tema que relaciona las cuestiones de las drogas y su complicidad.

Sobre la autora

Bella Roz

De origen Italo colombiano, Nació en el 23 de abril de 1972 y pasó la mayoría de su infancia en su natal Cali.

Cursó unos semestres en medios audiovisuales, tomó clases en la Academia de artes Escénicas de Ronald Ayazo en la cuidad de Bogotá.

Está domiciliada en Suiza desde hace veinte años.

Se publicó en 2017 Contrastes, un libro ilustrador con dibujos y poemas de su autoría.